KB009386

엄마도 좀! 살자

엄마도 좀! 살자

초판 2쇄 발행일 | 2023년 11월 22일
초판 1쇄 발행일 | 2022년 01월 05일

지은이 | 김민주
펴낸이 | 이원중

펴낸곳 | 지성사 **출판등록일** | 1993년 12월 9일 등록번호 제10-916호
주소 | (03458) 서울시 은평구 진흥로 68, 2층
전화 | (02) 335-5494 **팩스** | (02) 335-5496
홈페이지 | www.jisungsa.co.kr **이메일** | jisungsa@hanmail.net

ISBN 978-89-7889-486-9 (03810)

잘못된 책은 바꾸어드립니다. 책값은 뒤표지에 있습니다.

또 다른 일상 이야기

엄마도 좀! 살자

사춘기 자녀 때문에
미칠 것 같은
엄마의 아우성

김민주 지음

지성사

| 들어가는 글 |

사춘기가 답이다

나는 내 아이의 사춘기를 겪으면서 비로소 엄마가 되었다. 아이가 태어나면서부터 엄마로서의 나이도 한 살이 되는 것이라고 했다. 그런데 나는 큰아이와 함께 엄마로서의 나이를 먹지 못했다. 시어머니께 아이의 양육을 맡겨버렸기 때문이다.

그때는 일을 한다는 이유로, 그리고 데려다주고 데리고 오는 시간이 아깝다는 어머님 말씀을 위안 삼아 그래도 된다고 생각했다.

하지만 아이의 사춘기가 빵 하고 터졌던 무렵에는 매일 울면서 '태어나서 3년이 가장 중요하다고 했는데…… 이때만 엄마가 키워도 아이는 잘 큰다고 했는데……'라며 얼마나 후회를 했는지 모른다.

아무에게도 말을 할 수 없었다. 잘못 키웠다고 욕먹을까 두려웠고, 아이가 이러다 잘못될까 무서웠다. 내가 할 수 있는 것은 도서관에서 사춘기에 관한 책을 닥치는 대로 빌려다 보는 것, 그리고 그분에게 매달리는 것 말고는 아무것도 없었다.

책을 읽으면서 내가 무얼 잘못했는지, 아이가 어렸을 때 이렇게 했다면 사춘기를 다른 아이들처럼 곱게 지나게 할 수도 있었겠구나 싶었다.

그때 내게 절실했던 것은, 나의 경우처럼 아이의 반항과 일탈로 힘들었던 사람들의 경험과 이미 벌어진 사춘기의 문제 행동에 어떻게 대처해야 할지를 가르쳐주는 것이었는데 막상 그런 책을 찾을 수가 없어 답답했다.

내가 겪은, 부끄럽고 어쩌면 수치스럽기까지 한 이야기를 글로 써야 하나 망설여졌다. 그런데도 결국 쓴 이유는 '엄마'가 되기 위해 지금의 힘든 과정을 겪고 있는 동생 같고 친구 같은 엄마들에게 그들만이 겪는 일이 아님을, 몰라서 또는 상황이 안 되어서 아이들에게 상처를 준 것임을 알려주고 싶어서 용기를 냈다.

그리고 도저히 끝날 것 같지 않았지만 지금 행복하고 건강하게 살아가고 있으며, 그들 역시 그렇게 되리라는 것을 보여주고 싶었다.

아이의 행동으로 나의 가치관이 송두리째 흔들리고, 밀려오는 배신감과 이제 어떻게 해야 하나 하는 막막함, 끝없이 자책하며 앞이 보이지 않는 숲길을 홀로 걷는 듯 두렵고 불안했던 그때의 마음이, 자녀의 사춘기를 힘겹게 겪고 있는 부모들을 보면 고스란히 느껴진다.

"아침이 오지 않았으면 좋겠다", "나에게만 내려지는 저주라면 이제 그만 거둬 가줬으면 좋겠다" 이렇게 말하는 엄마들의 눈물이 남의 일 같지 않아서 이 일을 시작했다.

나처럼 어디 말할 곳 없는 부모들을 위해 포털에 '사춘기 자녀 때문에 미칠 것 같은 엄마들의 모임(사미모)' 카페를 만들어 서로 공감하고 위로 받길 바랐다.

그런데 카페를 운영하면서 이야기를 접하다 보니 요즘 아이들이 사춘기를 점점 더 과격하게 보내고, 엄마들은 더더욱 고통스러워하고 있음을 알게 되었다.

부모가 자신의 상처를 치유하지 않고 상처의 독기를 아이에게 뿜으면 아이는 잘 성장할 수 없다. 자식 하나 잘못 키우면 세상에 엄청난 해악을 끼친다.

어디 딴 데 가서 좋은 일 할 생각하지 말고 엄마가 자식 하나만 잘 키워도 사회와 세계 평화에 기여한다는 사실을 알려야 한다고 법륜 스님이 말씀하셨다.

내 안에 있는 상처 받은 어린아이를 만나야 한다. 내 어린 시절의 상처는 내 잘못이 아님을 받아들이고, 우리 부모의 상황을 이해하고 용서해야 한다.

우리 자녀들이 우리의 상처로 인해 똑같이 상처 받았음을 알고, 변화된 눈빛으로 아이를 바라본다면 아이들은 조금 더 빨리 돌아온다.

아이들은 절대로 누군가가 억지로 변화시킬 수 없다. 스스로가 변하겠다고 마음먹지 않는 이상은 말이다. 그러니 엄마들은 내려놓고 기다릴 수밖에 없다.

'말을 물가로 끌고 갈 수는 있지만 억지로 물을 마시게 할 수는 없다'는 속담이 있다. 하지만 우리는 말을 물가로 끌고 갈 수도 없는 상황에 처해 있다. 아이들이 우리 말을 듣게 할 수 있는 상황을 벗어났기 때문이다.

그럼 어떻게 해야 할까? 말이 목마른지를 깨닫게 해주는 것밖에는 방법이 없다. 말이 물을 먹지 않는 건 결국 말의 문제다.

마찬가지로 아이들이 어떤 삶을 살 것인지는 본질적으로 그들의 선택에 달렸다. 엄마가 걱정하고 안달복달한다고 나아질 것이 없다는 것을 알려주고 싶다.

자녀가 속 썩이면 부모는 밥도 먹지 못한다. 나 또한 한 달을 밥을 제대로 넘기지 못해 7킬로그램이 빠진 적이 있다. 샤워를 하면서 내 앙상한 몸을 보니 서러움이 북받치고, 그동안 꾹꾹 눌러 참았던 눈물이 터져서 대성통곡하며 울고 말았다.

그 후에 이런 이야기를 들었다. 운동을 하던 아들 둘을 둔 엄마 이야기다.

큰아들이 운동을 하다가 부상으로 그만두면서 방황을 하기 시작했다고 한다. 운동하던 아이니 얼마나 몸이 좋으며 체력이 좋았겠는가? 사고를 쳐도 대형 사고이고 싸움도 많이 하고 다녔단다.

설상가상 둘째까지 사춘기가 오면서 똑같이 사고를 치고 다녔다. 이 엄마는 결국 암에 걸렸다.

그런데 아이가 "나 때문에 병 걸렸다는 소리는 하지도 마! 누가 걱정해 달라고 했어? 내가 아프라고 했냐구! 짜증 나!"라고 말했다는 것이다.

그 말을 듣는데 정말 내가 아프다고 해서 아이가 미안하다며 정신 차리고 돌아올 것도 아니고, 내 건강은 내가 챙겨가면서 살아야겠다는 생각이 들었다.

내가 건강하게 버티고 살아야 아이가 정신 차렸을 때 뭐라도 챙겨주고, 자기가 뭔가 하겠다고 할 때 도움도 줄 것 아니겠는가?

엄마들에게 이런 말 저런 말을 들려주고 싶다. 이 책이 자녀들보다 더 힘들어하며 호되게 앓고 있는 엄마들에게 도움이 되었으면 한다.

이 책을 통해 사춘기라는 것이, 제대로 된 성인으로 키워낼 마지막 시기라고 생각하고 힘을 내서 끝까지 헤쳐 나가기를 바란다.

차례

셋 받아들여야 산다

넷 성장해야 산다

부록 부모님들이 궁금해하는 사춘기 문제 행동

하나

알아야 산다

몰라서 피눈물 흘린 에미의 간증

나는 20여 년간 아이들에게 피아노를 가르치던 사람이었다. 그러나 지금은 '힘든 사춘기맘 마음세움연구소' 대표다.

내가 너무 힘들었던 그때, 에미 탓이라고 욕할까 봐 어디에 말도 못 하고 평범한 일상이 너무도 그리워서 매일 울며 보냈던 그 시절, 그때의 나처럼 힘들어하는 엄마들의 눈물이 남의 일 같지 않아 돕고 싶었다. 바로 우리 큰아이가, 내가 이 일을 시작하게 만든 사춘기 반항아였다.

'책육아'로 잘 알려진 '하은맘'의 말을 좀 빌리자면,

> 애들이 태어나자마자 눈치 딱 보아하니 지 에미 완전 야무지게 뭉쳐진 내적 불행 덩어리거든. 앞길이 신수 훤~해 장난 아냐.

지대로 안 갈구고 냅두면 더블 복리로 불어난 내적 불행이 지를 거쳐 5대째 10대째 대대로 대물림될 게 뻔하다 이거지. 안 되겠어, 내 대에서 끊어내야지.

겁나 예민한 별난 캐릭터로 굴자. 그래야 나 부둥켜안고 살려고 발버둥 치다 스스로를 돌아보고 성장을 하지, 저 인간.

작전 개시! 안 자고 안 눕자! 졸려도 참자! 등이 바닥에 닿으면 발악! 베이비 위스퍼 같은 소리 하고 있네.

성대 찢자! 침대에서 굴러떨어져! 토해! 힘들고 답답해 미치게 하자! 편하게 문 닫고 똥도 못 싸게 해야지……. 어디서 감히 날 재우고 검색질을 해? 저 여자 완전 빠졌구먼.

영아 산통! 돌발성 울음! 발작 증상! 뇌 발달 이상 증상! 모~든 걸 의심하게 해야겠어. 그래야 컴, TV, 폰을 끄고 책을 보지. 육아서든 심리서든 들춰 봐야지 불행의 근원이 뭐고 어찌 끊어내야 하는지 알지…….

_『지랄발랄 하은맘의 십팔년 책육아』(김선미, 2019, 알에이치코리아)

그랬다. 내가 그랬어야 했다. 태어났을 때 지 에미 딱 보고 알아차려 버린 예민하디예민한 우리 큰아이 부둥켜안고, 육아서든 심리서든 뒤져서 나의 내적 불행을 극복하고 아이와 살 비비며 살길을 찾았어야 했다.

그런데 나에겐 너무나도 쉬운 도피처가 있었다. 바로 시어머니! 어머니께서 아이를 키워주시고 주말에만 데려오면서 큰아이는 네 살까지 시댁에서 자랐다.

가장 중요한 만 3년을 나와 함께 살 비비며 크지 못해 우리 딸은 애착 형성이 제대로 되지 않았고, 그 고질병이라는 '사랑고파병'과 사회성 떨어짐 등 여러 가지 문제를 보였는데 모른 건지 모른 척한 건지 나 살기가 먼저였던 못난 에미였다.

아이 낳기 전에 육아의 바이블 같은 책(서형숙 님의 『엄마 학교』, 법륜 스님의 『엄마 수업』, 최희수 님의 『배려 깊은 사랑이 행복한 영재를 만든다』 등)은 반드시 읽히고, 나 같은 엄마의 간증 몇 번은 꼭 듣게 했으면 좋겠다는 생각을 나만 하는 건 아니겠지?

전문가들이 이미 밝혀낸 것처럼 아이 낳고 3년이 가장 중요한데, 이 시기만 엄마가 사랑으로 키워도 아이들은 아무 문제 없이 큰다고 하지 않는가?

그냥 3년간 키워야 좋다가 아니라 왜 그래야 하는지 나 같은 엄마의 이야기를 듣고 나면 저절로 알게 될 텐데…….

그렇다고 무조건 누구나 다 일을 그만두라고 할 수는 없다. 누가 봐주든 저녁에 데려와서 엄마 품에 끼고 자야 한다.

부모와 함께 하는 시간이 하루에 90분 이상이면 애착 형성에 문제가 생기지 않으며, 30분 정도 시간을 내어 집중적으로 아이와 함께 몸을 비비며 놀아주면 건강한 애착이 만들어질 수 있다는 결과도 있으니 너무 자책하거나 걱정하지 마시라.

아이를 직접 키우지 않는 부모들이 공통적으로 하는 고민이 있다. "나는 모성애가 없는가 봐요"라는 것이다.

아이를 주말에 데려왔다가 다시 보낼 때면 후련한 마음마저 들고, 아이와 같이 있는 시간이 너무 힘들어 아이를 데려와야 할 시기를 자꾸 늦추게 된다고 한다. 공통된 고민거리다. 이것이 너무도 당연한 것임을 그때는 왜 몰랐는지…….

어느 책에선가 엄마는 아이를 4만 6720번 껴안아 주고 1만 7520번 뽀뽀를 하며 11만 6800번 토닥거려 준다고 하였다. 또 아이에게 최소한 2만 1900번 '사랑한다'고 말을 한단다.

그런데 이것의 반의 반도 못 해주니, 아이는 아이대로 엄마는 엄마대로 서로 애정이 덜 생기는 것은 당연한 일이다.

물건조차도 시간과 노력을 들여 얻은 것을 더 소중히 여기기 마련 아닌가? 함께 많은 시간을 살 맞대고 지내며 힘들게 수고해야만 더욱더 소중하게 느껴지는 것이다.

아이 낳으면 육아휴직 무조건 3년, 책육아 '빡세게' 해주고 책 읽기 독립을 5세쯤 시켜주고 나면 사교육 안 해도 될 텐데……. 다른 복지에 돈 쓰지 말고 도서 교육비 목적으로 책 사는 데만 쓸 수 있도록 한 달에 10만 원씩 지원해 주면서 기관에 안 맡기고 3년 키우면 격려비로 얼마간 지원해 주면 안 되는 건가?

정말 심각하게 건의하고 싶다. 어디에다 말하면 될까? 사교육 열풍이 줄고 사춘기 방황이 줄면 범죄도 줄 것이고, 가정이 살면 나라가 사는 것 아니겠냐고!!

아무튼 사춘기가 갑자기(나만 몰랐던 것인지는 알 수 없지만 나한테는 갑자기였다) 빵 터지더니 우리 딸은 문이나 쾅 닫고 내 일에 상관 말라는 정도의 귀여운 사춘기가 아닌, 처음부터 무단결석으로 중2 말경 스펙터클한 사춘기의 문을 열었다.

그날 이후 며칠 간격으로 빵빵 터지는 사건 사고들로 정신 못 차리고, 아이 앞에서도 울어가며 낭창낭창 휘둘리면서 나의 기나긴 '사춘기 터널 지나가기'가 시작되었다.

아이의 사춘기를 힘들게 겪고 있는 엄마들이 가장 듣기 싫어하는 소리가 뭔 줄 아는가?

"그걸 그냥 둬요? 나 같으면 때려서라도 그 버릇 고쳐놓는다. 엄마가 약해빠져서 애가 저 모양이지!"

나는 그 말이 정말로 싫었다. 아니 누가 모르냐고~ 안 해봤겠냐고~.

집 나갈까 봐, 예의 주시하고 있는 그 애들이랑 만나서 무슨 사고 칠까 봐, 동네가 아니라 전국구로 뻗어 있는 페북에서 만난 노는 애들이랑 만날까 봐 걱정돼서 비굴하게 비위 맞추고 휘둘리고 몸 상하고 마음 상하고 모진 말 하고 그런 거지…….

나도 나름 중2 초반까지는 학원 선생님이 우리 딸은 지각하면 엄마한테 말하지 말아달라고, 앞으로 안 늦겠다고 한다고 딴 애들하고 다르게 그래도 엄마를 무서워한다고 하길래 내심 좋아했던 착각 제대로 하고 있던 에미였다.

사춘기는 살기 위한 몸부림이다

이런 이야기까지는 하고 싶지 않았지만 그래도 내가 전하고 싶은 메시지에 무게를 싣고자 나의 과거까지 들춘다. 웃기게도 나 또한 사춘기를 반항하느라 다 써버린 일인이다.

나의 부모님은 너무 권위적이셨다. 두 분 다 우리나라 일류대를 나오셔서 공부에 대한 기대와 억압이 요즘 드라마 뺨치게 심했었다.

제대로 사랑해 주는 방법을 모르셔서 내가 늘 외로웠던 것은 물론이고 심지어 나는 외동딸이다. 같이 나눌 형제도 없이 그저 무섭고 의지할 곳 없이 쓸쓸했다.

나 또한 사춘기 때 빵 터졌는데 그때부터 반항을 위한 반항을 시작했다. 그때는 내가 왜 그랬는지 몰랐었다. 아마 반항하지 않았으면 숨도 못 쉬고 살았을 것이다. 지금 생각해도 끔찍하다.

정말 심하게 엇나가지 않으면 부모는 공부에 대한 기대를 절대 내려놓지 않는다.

대학입학통지서를 받고 엄마에게 "이제 됐지?"라고 유서 써놓고 자살한 아이, 고문에 가까운 공부 압박에 못 견디고 엄마를 살해한 아이처럼 착해서 하라는 대로 따라주는 아이에게 부모들은 갈수록 많은 기대를 하며 점점 잔인해진다. 근데 본인은 남들 하는 만큼 한다고 생각한다는 것이 문제다.

우리 딸의 사춘기를 보내면서 내가 딸을 그렇게 사랑하고 있는지 그때 새삼 깨달았다. 평범한 일상이 그렇게나 그리울 줄 몰랐고, 공부 안 해도 학교만 제대로 다녀주는 것이 얼마나 감사한 일인지도 그때 알았다.

그렇다. 사춘기는 살기 위한 몸부림이다. 산만하고 다른 친구들을 공격하고 욕지거리를 하고 제멋대로 행동하는 아이, 누가 봐도 문제아로 낙인찍고 싶은 아이, 부모가 교육을 어떻게 시켰기에 애가 저 모양이냐를 생각하게 하는 아이라 할지라도 그 아이는 자신의 상황에서 최선을 선택하고 있는 것이라고 한다.

부부 싸움이 잦아 집안 분위기가 심상치 않고 이혼의 위기가 닥쳐오면 아이는 말썽을 일으킨다. 그러면 부모는 아이의 문제에 대처하기 위해 일시적으로 휴전을 하고, 그러다 보면 위기가 지나간다.

부모의 내면에 여전히 갈등이 남아 있으면 아이는 자신도 모르는 사이에 같은 행동을 반복한다. 이런 행동들이, 아이들이 살기 위해 또는 상황을 바꾸기 위해 저도 모르게 선택하는 행동이라는 것이다.

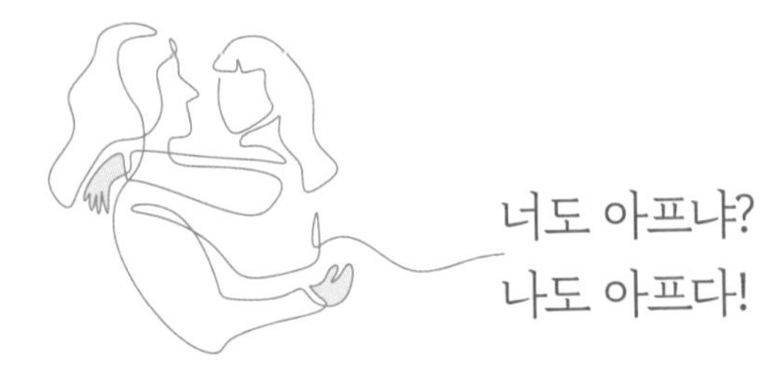

너도 아프냐?
나도 아프다!

책의 초반부에 잠시 이야기했다. 심리서든 육아서든 뒤져서 나의 내적 불행을 극복하고 아이와 살 비비며 살길을 찾아야 했다고……. 대체 내적 불행이 뭐길래?

우리가 가장 필요로 하는 것은 사랑에 대한 욕구다. 그런데 만일 유아기나 어린 시절 혹은 일생의 중요한 어느 시기에 그 사랑을 받지 못하고 거절당하면, 이때 입은 상처는 우리의 무의식에 저장된다고 한다.

어릴 때는 생존의 문제가 달려 있기에 부모에게 나한테 도대체 왜 그러냐고 말할 수 없다. 나를 버리기라도 하면 어쩔 것인가?

내면에 자리한 이 상처는 성인이 된 후 평상시에는 나타나지 않다가 '관계'를 맺을 때면 불쑥 나타나서 관계 맺음을 힘들게 한다. 친구 관계, 동료 관계, 연인 관계, 부부 관계, 부모 자식 관계가 그렇다.

우리는 우리의 숨기고 싶은 모습을 자녀에게서 발견했을 때 견딜 수 없이 화를 낸다. 자신의 그림자가 드리워진 아이를 보고 화를 내는 것이다.

물론 내 안의 그림자를 인정한다고 해서 그림자가 사라지지는 않는다. 다만 이제는 아이에게 드리워진 그림자를 보고 아이를 탓하지는 않게 된다는 것이다.

맞고 자란 사람은 내 아이는 절대로 때리지 않겠노라 다짐하지만, 어느 순간 어린 시절 부모에게 맞았던 감정이 무의식에서 떠오르면서 자신도 모르게 아이를 때린다고 한다. 몸이 기억하는 것은 생각 없이 바로 반응하기 때문이다.

정신을 차리고 나서는 죄책감에 시달리고 고통스러워한다. 하지만 같은 상황이 되면 또다시 아이를 때리는 악순환이 반복된다. 그러니 엄마의 내적 불행의 근원이 무엇이고, 어떻게 그것을 끊어내서 우리 아이에게 대물림되지 않게 할 수 있는지 방법을 찾아야 한다.

나의 상처도 내 아이에게 대물림되었다. 미리 알았더라면 노력했을 텐데……. 아니다. 아무리 잘 알고 있었더라도 직접 겪지 않았다면 그저 이론에 불과했을 것이다. 그랬다면 나는 아직도 성장하지 못한 채 '어른아이'로 살고 있을지도 모른다.

몰라서 대물림해 버려 사춘기를 격하게 보내게 된 우리 아이들 그리고 오늘 하루도 버티기 힘들 만큼 지치고 피폐해진 우리 엄마들, 그래도 대단하다. 이제라도 변하려는 마음이 있으니 이렇게 이 책을 읽고 있지 않은가?

아이가 어렸을 때 어떤 행동을 하면 너무 화가 난다, 또는 도저히 용납이 안 된다, 이런 것이 있었는지 살펴보자.

나에게는 여러 가지가 있었는데 아이가 밥을 잘 안 먹으면 그렇게 화가 났다. 그래서 개수대에다 밥그릇을 던지다시피 하면서 어린것에게 먹기 싫으면 먹지 말라고 화를 냈었다.

나는 어렸을 때 밥투정이 다 뭔가? 눈만 봐도 무서웠던 아빠(눈이 엄청 크시다)는 꼭 밥상머리에서 혼을 내셨다. 그러면 울더라도 물에 밥 말아 그냥 억지로 다 삼키고 난 다음에야 일어날 수 있었다.

그런데 이 어린이는 밥을 안 먹네? 나는 그렇게 못 했는데 너는 왜 안 먹어!(이제야 알게 된 것이지 그때는 몰랐다)가 되는 것이다. 이런 것을 내적 불행 또는 잘못된 신념이라고 한다.

이 신념은 누구로부터 생긴 걸까? 나의 부모님이다. 그분들도 그분들의 부모님으로부터 물려받은 잘못된 신념으로 나를 키우신 것이다.

흔히 사람들은 과거의 경험에서 비롯된 신념을 자녀 교육의 기준으로 삼는다. 하지만 잘못된 신념은 자신뿐 아니라 주변 사람을 힘들게 한다.

밥 먹기 싫으면 안 먹을 수 있는 거고, 아이들은 우는 게 정상이다. 그런데 어렸을 때 울면 맞았거나 혼이 나서 울지 못했던 엄마 또는 아빠는 아이가 우는 걸 참지 못한다.

요즈음 부모들의 가슴을 아프게 하는 아동 학대 사건이 많은데, 학대를 한 이들은 아이가 울어서 집어 던졌다고 말한다. 아이가 울면 칠판을 손톱으로 긁는 듯이 기분이 나빠지면서 자기도 모르게 화가 머리끝까지 난다고 말이다.

내가 아이에게 '그건 안 된다'고 말하는 그 신념이 정말 합리적인 것인지 한번 생각해 봐야 한다.

만일 그 신념이 합리적이지 않다면 우리 아이들에게 강요하거나 화내지 않는 것, 그럴 수 있다고 인정하고 내려놓는 것, 이것만 실천해도 내적 불행을 대물림하지 않을 수 있다.

아이의 행동에 대해서, 또는 어떤 관계를 맺을 때 내가 지나치게 분노하고 있음이 느껴진다면 아이를 혼내거나 다른 사람 탓을 하는 대신 자신의 감정을 가만히 들여다보라. 결국 그것을 바라보는 내 마음 때문에 고통스럽고 분노가 차오른다는 것을 알게 된다.

그럴 땐 상처 받았던 나의 어린 시절, 그 때문에 낮아진 자존감, 그것을 외면하지 말고 그때로 잠시 돌아가 팔로 나를 감싸며 어린 시절의 나에게 다음과 같은 위로의 말을 건네는 것이 도움이 된다고 한다.

"괜찮아, 그때는 어쩔 수 없었지만 이제는 내가 너의 이야기를 들어줄게. 너를 지켜줄게. 너를 사랑해 줄게!"

물론 나의 치유되지 못한 어린아이를 대면하고 상처를 낫게 해 줄 수 있다면 더없이 좋겠지만, 그냥 알아차리고 나를 다독여 주는 것만 해도 괜찮다.

내 잘못이 아님을 '나'에게 말해주고, 내 부모의 상황을 이해하며 용서할 수 있다면 그것만으로도 성공이다. 모든 치유는 알아차림에서 시작되니까……. 그만큼 알아차리는 것이 힘들다는 이야기이기도 하다.

몰랐기 때문에 억압(부정적인 감정을 표현하지 못하게 하는 것, 싫다고 말하거나 왜 해야 하느냐고 묻지 못하게 하는 것 등)하거나 결핍(사랑과 인정, 공감에 대한)을 느끼게 해서 자신도 모르는 사이에 아이에게 상처를 주었을 수 있다. 그래서 다른 아이들보다 더 분노하며 온몸으로 표현하는 것일 확률이 높다.

그런 아이들 중에는 그 사실을 알고 반항하는 아이도 있지만, 자신도 왜 그러는지 모르고 반항하며 비뚤어지는 아이도 있다. 나도 우리 아이도 왜 그러는지 모르고 그랬으니까…….

내 아이는 자라서 내가 된다. 늦지 않았다. 지금이라도 내 어릴 적 그리고 내 아이의 어릴 적을 되짚어 가며 나의 내적 불행을 찾아내야 한다.

내가 아이 어릴 적에 아이를 억압했구나, 내 상처 때문에 아이에게 어떤 식의 아픔을 주었구나, 이것을 알아냈다면 고쳐가면서 아이가 돌아올 때까지 기다리면 된다. 엄마의 말투에서 강요,

비난, 단정 모두 내려놓고 말이다.

아이가 아무리 사고 치고 화를 내고 걱정을 끼쳐도 엄마의 눈빛이 부드러워지고 사랑으로 채워진다면 아이도 조금씩 변화를 알아차린다.

심리학자 에이브러햄 매슬로(Abraham H. Maslow)는 인간 행동의 동기를 이렇게 설명했다.

인간의 욕구는 생리적 욕구→안전의 욕구→애정과 소속의 욕구→자기존중의 욕구→자아실현의 욕구 순으로 진행되며, 가장 기본적인 욕구가 충족되고 나서야 다음 단계를 갈망한다.

그러므로 아이들은 애정과 소속의 욕구가 채워져야만 자기를 존중하고, 그런 뒤에야 자신이 원하는 것을 이루려는 목표를 가질 수 있다.

우리 아이가 부모의 애정을 충분히 받았는지, 가정에서 내 아이의 자리가 있는지, 혼자 외롭게 떨어져 있지는 않은지부터 살펴보고 그다음 단계를 생각하자.

자녀의 미래가 걱정된다고요?

아이가 사춘기를 격하게 보낼 때 가장 걱정되는 것이 무엇이었나를 생각해 보니 '애가 이러다 커서 뭐가 되겠어?'였다. 모든 부모가 그 때문에 내려놓고 지켜보지 못하고 발을 동동 구르며 애타 죽는 것이다.

내 아이 문제를 어디 말할 곳이 없어서 너무 힘들었던 기억에 '사춘기 자녀 때문에 미칠 것 같은 엄마들의 모임(사미모)'이라는 네이버 카페를 만들었다.

거기에는 나같이 아이가 학교를 안 가서 걱정하는 부모들이 너무 많이 있었고, 내 아이 또한 학교를 안 가려 해서 애간장을 태웠기에 글을 올린 적이 있다.

안녕하세요~. 카페지기입니다.
카페에 이 문제로 고민하는 분들 너무 많으시죠?
저 또한 아이가 학교를 안 가려 해서 너무 힘들었던
일인이라 너무나 공감 또 공감하네요.

어느 분이 물으셨는데 시험 기간에 안 가면
성적 처리 어찌 되냐고요. 제가 알기론 전에 봤던
시험 성적의 절반으로 처리된다고 기억해요(저희 애도
시험 기간에 안 간 적 있거든요^^;; 절반으로 받을 성적이 있냐고
뭐라 했었던……). 일일이 답문을 똑같이 달기도
그렇고 하여 저의 이야기를 한번 써보려 합니다.

저의 경우 어린 시절 코피를 한 바가지 흘리고
제대로 서 있을 수조차 없던 저를 엄마가
학교에 데려다 앉혀놨던 기억이 있어요(심지어 초등학교 때).
그 시절에는 지금과 달리 개근상이 성실성을
대변해 주는 거라고 엄청 중요시했거든요.
부모님이 엄청 권위적이고 무서웠어요. 찍소리 못 했죠.ㅜㅜ
그래서 저에게는 그것이 치유되지 못한, 상처 받은

어린아이로 제 안에 있었나 봐요.
아이가 학교를 안 가는데 진짜 미치겠는 거예요.
도저히 용납이 안 되고 화가 치밀어 오르는데
어찌할 바를 모르겠더라고요.

그날부터 저는 학교와의 전쟁을 시작했습니다.
모든 것이 학교에 맞춰졌어요.
아이의 비위를 맞추고(비굴 모드), 저녁이 되면
또 내일 학교 안 간다고 안 일어나면 어쩌나 좌불안석……,
아침이 돼서 정말 안 가면 소리 지르고,
난리도 그런 난리가 없었어요.
아래 윗집에 창피해서 원.

전날 밑밥 까는 것 같으면 어김없이 다음 날 배 째라!
그럼 그렇지 하며 화 폭발! 어쩌다 가서는 아프다고
조퇴하겠다고 헐~. 딸이 아프다는데 그놈의 학교가
그렇게 중요하냐며 매번 큰 소리(아니 매일 아프냐고~
비염인데 알러지 있다고 다 학교 안 가냐고~~).
한동안 병원 진료 확인서도 많이 끊었지요.

그러다가 습관 될까 무서워서, 나중에 직장 다니면서도
이런 식으로 하는 건 아닌지 미리 걱정돼서
단호박으로 무단결석도 시켜봤어요. 선생님께는
연락 안 드리면 무단결석 처리하시라고 말씀드렸고요.

별짓 다 하다 진짜 자퇴할 뻔했습니다.
선생님께 자퇴한다고 말씀까지 드린 상황(요즘은
선생님이 말리거나 설득하려 하지 않으시데요?)
맨날 퍼자느니 검정고시 보는 게 낫다고 생각하신 건지,
진짜 서운하긴 했어요. 저희 남편은 받아들이지 못하고
일도 안 풀리는데 애까지 자퇴하면 자기 진짜 어떻게
될 것 같다고 하더라고요(내 탓이니? 난 어쩌라구?
이대로 두면 왠지 내가 나중에 탓 들을 것 같은 기분은 뭐지?).

그냥 병원 진료 확인서 곱게 떼어줄걸.
조퇴한다면 그냥 하게 하고 병원 가라고 할걸.
그런 마음이 들었지만 그래도 티 안 내고 끝까지
아무렇지 않은 척, 네 일이니 네 결정에 책임져라.
그만두면 학생 아니니 네가 벌어서 쓰는 건 당연하다며

쓰린 가슴 부여잡고 버티었지요(자존심 어디다 쓰려고
국도 못 끓여 먹을).

그런데 정말 마지막 날 마음을 바꾸더라고요
(제가 누누이 말했거든요. 검정고시 공부 만만치 않다,
너 수학, 영어 어떻게 할 거냐, 차라리 그냥 자다가라도
졸업하는 게 낫지……. 뭐 그냥 니가 뭘 모르는 것 같아
하는 말이다, 부탁하는 거 아니다^^;;). 우리 애가
그만둔다고 하니 친구도 덩달아 그만두겠다 하고,
결국 그 친구는 자퇴를 했어요.

자퇴한 아이들 검정고시 봅니다. 대학도 응시하고요.
물론 원하는 대학 못 갈 수도 있지요.
떨어진 아이도 있을 수 있고요. 그럼 일 년 더 하겠죠.
아니면 취업할 수도 있고요. 일하다 대학 필요한 것 느끼면
다시 공부할 수도 있어요. 그렇지만 그때는
부모님 뜻이 아니라 자기 스스로 공부할 겁니다.
내 미래를 두려워하고 답답해하고 내가 왜 그랬지
후회도 하면서요. 중요한 건 어떻게 해도

자기가 바꾸려 노력하지 않는 이상 아이의 행동은
바뀌지 않는다가 팩트라는 게 문제예요.

일단 너의 어떤 말도 안 되는 이야기라도 들어주겠다,
내가 우주어라도 해석해서 들어주겠다는 마음으로
화내지 마시고, 조금도 날 선 말투 없이,
정말정말 온화하게(할 수 있는 최상의 연기라도 하세요)
무슨 이유로 안 가려는지 물어보고 들어주세요.
해결 가능한 문제라면 최선을 다해서 해결해 주시고,
안 되는 문제라면 휘둘리고 눈치 보고 화내고 관계 잃고
몸도 마음도 무너지지 마시고요.

태연하고 담담한 마음 장착하시고 병원 진료 확인서
끊어주세요^^;; 조퇴한다고 하면, 아프면
병원 가라고 해주세요. 할 수 있는 만큼
병결 다 쓰고 버티시고요. 한 번씩 차분하게
아이의 지금 현실에 대해 짚어주세요.
엄마가 너 기다려주는 거라고요. 나중에 해도 안 되면
학교 그만둘 수도 있다까지 생각해 놓으세요.

그래야 엄마 마음이 조절이 돼요.

그러고 나서 엄마의 내적 불행이 뭔지 찾기 위해
미친 듯이 책 읽으세요. 심리서도 읽으시고요.
육아서도 읽으시고요. 사춘기 책도 읽으시고요.
자기 계발서도 읽으세요. 건강 밥상도 차려서
나를 위해 먹으면서 아이를 위해 내가 무엇이 바뀌면 좋을지
나의 말투, 내 양육 방식 무엇이 문제였는지 찾으세요.
휘둘리시면 나중에 힘들어요.

싸워서 관계가 틀어지고 아이가 막말을 하고
그런 지경까지 만들지 마세요. 결국 아이에게 집니다.
미리 아이의 미래를 걱정하면서 한숨으로 하루를
보내지 마세요. 아무 도움 안 돼요!
육체적, 정신적으로 지친 나를 좀 일으켜 세우세요~.
아침이 안 오면 좋겠다, 죽고 싶다, 눈물만 난다……
정말 글들을 읽고 있으면 너무 마음이 찢어집니다.
힘내시길요~, 조금만 더 버티시길요!
마음으로 안아드립니다♡

이 글에 어머님들이 "우리 집에 CCTV 달아놓은 줄 알았다"고, "어쩜 우리 집 상황과 똑같냐"며 댓글이 달렸었다.

모든 엄마들이 다 똑같은 고민을 한다. 이러다가 나중에 어쩌려고……. 하지만 아이는 아랑곳하지 않는다.

이 시기에 사고 치고 부모 속을 썩인다고 모두 어른이 되어서도 이렇게 사는 것은 아니다. 이 시기를 잘 견디며 부모의 말투를 고치고 아이에게 필요한 것을 채워주면서 보내는 것이 더 중요하다.

아이가 잘못될까 봐 걱정하는 마음을 "내 이럴 줄 알았다! 그렇게 살다가 뭐 될래? 밑바닥 인생 살면서 돈 없어서 고생해 봐야 정신 차릴래?" 이런 비난과 단정으로 아이가 자신의 미래를 그리게 만들지 말아야 한다.

나는 원래 걱정이 많은 성격이다. 지금은 정말 많이 나아졌지만, 30대까지만 해도 미래에 일어날 최악의 상황을 생각하고 대비해 놔야 한다고 믿었다.

대비가 될 것도 아닌데 걱정만 하며 현재를 즐기지 못하고 살았다. 우리 아이들이 걱정이 많고 불안을 많이 느끼는 것도 다 내가 그래서 그럴 것이다.

아이와 대화를 하면 항상 끝이 좋지 않았다. 마음이 늘 답답했는데 책을 읽으면서 그 이유를 알았다.

엄마들은 대체로 불안으로 인한 근심 걱정이 많다. 엄마의 '불안'은 아이에게 거절감을 안겨준다고 한다. 불안이 많은 엄마는 아이의 생각과 느낌을 제대로 받아줄 마음의 여유가 없어 아이로 하여금 자신이 엄마에게 받아들여진다고 느끼지 못하게 한다.

어릴 때는 엄마의 돌봄 아래에 있어야 해서 아이가 말을 듣지만, 초등 고학년이 되고 중고생이 되어 힘이 생기면 분노를 터트리며 강하게 반항한다.

아이는 밖에서 겪은 아픔이나 억울함, 분노를 털어놓을 곳이 필요하고 엄마는 그것을 잘 받아주어야 한다. 그런데 엄마가 그 역할을 제대로 해내지 못하면 아이는 심리적으로 기댈 곳이 없어지는 것이다.

아이가 계속해서 엄마에게 다가갔는데 그때마다 계속 거절을 당했다면 아이는 엄마를 향한 마음 문을 닫아버리거나 분노를 폭발시킨다.

영문을 모르는 엄마는 자녀가 사춘기라거나 나쁜 친구를 사귀면서 그렇게 되었다거나 어느 날 갑자기 이상하게 행동한다고 또 불안에 휩싸인다.

아이가 "엄마, 나 학교 가기 싫어"라고 할 때 그것은 일차적으로 아이의 지금 감정이다.

우선은 아이의 말을 있는 그대로 들어주고 그 이면의 마음을 읽어야 하는데, 불안이 많은 엄마는 아이가 학교 가기 싫다는 말에 아이가 이러다가 뭐가 되려고 그러나, 인생의 낙오자가 되는 것 아닌가 가슴이 철렁 내려앉아서 아이를 다그치고 비난한다.

"학교 가기 싫어!"라고 하면 "학교 가기 싫어?"라고 되물어 주고, 무슨 이유로 그러는지 아이로 하여금 말을 할 수 있도록 이끌어주어야 한다.

그러면 자연스럽게 아이에게 필요한 도움을 주면서 해결할 수도 있는데 불안한 엄마는 모든 것을 '문제'로 받아들이며 아이와의 관계를 망친다.

학교에 가기 싫다는 말은 단순한 푸념일 수도 있다. 푸념은 그저 누군가 말을 들어주되 그냥 넘어가자는 것이다. 그런데 푸념을 큰 문제로 받아들이면 아이의 감정이 수용되지도 못한 채 문제 있는 아이가 돼버린다.

그런 엄마에게 아이는 자기 마음을 이야기하지 않는다. 자기 이야기를 들어주는 사람이 아무도 없다고 느낄 때 한없이 외로워지고 존재의 이유도 사라진다.

엄마의 불안은, 아이에게는 자신을 믿어주지 않는 것으로 생각하게 만든다. 그러니 불안의 근원을 찾아서 들여다보고 그것이 나의 문제임을 받아들이며 아이를 믿어주어야 한다.

문제를 풀려면 우선 누구의 문제인지를 구분할 필요가 있다. '학교 가기 싫다'라는 문제의 소유자는 아이지 엄마가 아니다. 그런데도 불안이 많은 엄마는 그것을 자기의 문제로 받아들이고 어쩔 줄을 모른다(『왕이 된 자녀, 싸가지 코칭』(이병준, 2020, 피톤치드) 중에서).

이 글을 읽으면서 나의 불안이 사실이 된 적이 많았다는 것, 내 아이가 학교를 안 간다고 했던 것은 그냥 푸념이 아니라 현실이었지만 이것을 조금 더 현명하게 해결할 수 있었겠구나 하는 생각이 들었다.

아이가 걷잡을 수 없이 폭력적이거나 공격적으로 엄마를 대하는 건 그렇게 하지 않으면 학교를 가지 않겠다는 자신의 요구가 관철되지 않을 것임을 알기 때문이다.

아이가 학교를 가지 않으려 했을 때 "학교 가기 싫어? 왜 학교에 가기 싫은지 이유를 들어보고 생각해 보자"라고 말해주었다면 어땠을까?

무조건 소리 지르며 화를 내면서 문제 있는 아이로 만들어버리고 그저 눈치만 보며 내일은 어떨까 전전긍긍하기보다는 아이와 더 이야기를 나누고, 아이의 입장을 받아주었다면 자신이 이해 받고 있다는 느낌에 똑같이 학교를 빠졌더라도 부모 자식 간의 관계는 챙길 수 있었을 것이다.

그럼 아이는 아침에 분노를 폭발하고 막말을 하는 일이 없었을 것이고, 엄마 말이라면 일단 성질부터 내고 짜증 섞인 불손한 말투로 대하지는 않았을 것이다. 다음 날 아이가 학교에 가지 않겠다고 할까 봐 아이의 요구를 마냥 들어주며 휘둘리지도 않았을 것이고 말이다.

아이를 학교에 가게 할 수는 없었을지 모르지만 아이와 나와의 관계 그리고 아이가 부모에게 받아들여지는 마음, 그런 것들로 불손한 태도보다는 미안하고 고마운 마음을 갖도록 만들 수 있지 않았을까?

지금은 아이가 와서 푸념을 하면 예전처럼 걱정하거나 심장이 덜컹해서는 일일이 심각하게 반응하지 않고 그냥 어이구 힘든가 보네~ 하고 넘어간다.

사고 치고 일탈하는 자녀에게 믿음이 갈 리 만무하며 고운 눈빛으로 보기 힘들고 밝은 미래를 떠올리기는 더더욱 어렵다. 그래도 사람은 믿는 대로 된다고 하지 않는가?

우리 아이가 조금이라도 빨리 돌아오길 바란다면 불안해하며 아이를 잡거나, 너무 비굴해지는 것 대신 담담하게 아이에게 걱정되는 바를 전하며 너를 믿는다고 말해주는 것 그리고 정말 믿어보려는 노력이 필요하다.

엄마는 자존감 도둑

사춘기에 일탈을 하고 방황을 하는 자녀의 부모님들에게 자신의 말투와 태도를 돌아보라고 이야기한다. 내가 자녀와 이야기할 때 나도 모르게 쓰는 말과 태도가 아이에게 지속적으로 상처를 입히고 자존감을 깎아내릴 수도 있다.

어릴 적부터 그렇게 자란 아이는 분노가 쌓여 있다가 사춘기 때 폭발한다.

우리 부모들이 많이 쓰는 말 중에 "내가 너 때문에 못 살아! 내가 너를 낳고 미역국을 먹었다니"라는 말이 있지 않은가? 이 말이 별 것 아닌 것 같지만 아이에게 죄책감을 주는 말이다.

이 말을 이렇게 바꾸면 어떻게 들리는가? "너의 존재 자체가 역모다" 너무나 충격적이지 않은가? 내가 태어나서 살아 있다는 것이 역모라는 말 아닌가? 이 말은 영조가 사도세자에게 했던 말이라고 한다.

나는 우리 아이에게 "내 자존감이 낮은 건 엄마 때문이야"라는 말을 들은 적이 있다. 아이가 나 나중에 이거 해볼까? 그러면 그래, 될 수 있지~라고 말하는 게 아니라 그거 되려면 공부를 얼마나 잘해야 하는 줄 알아? 외국에 유학도 가야 하고……라며 현실적으로 이야기를 했었다.

그러면 아이는 어김없이 엄마는 초 치는 데 뭐 있다, 자존감을 깎아내린다며 방으로 휙 들어가 버렸다.

나는 "내가 뭘…… 사실인데……" 하면서 어이없어했는데, 아이가 원한 것은 희망을 주고 편이 되어달라는 것이었다. 편들기는 객관적 사실이 아니라 주관적 느낌에 초점을 둔 것이다.

아이가 화가 나서 오거나 상처 받았을 때 아이의 잘잘못을 떠나 과하게 난리 치며 욕이란 욕은 죄다 동원해 퍼부어 주면 아이도 "그 정도는 아니고~"라며 기분이 풀리고, 엄마 또한 카타르시스를 경험할 수 있을 것이라는 충고를 들었다.

내가 그것이 왜 그렇게 힘든가 했더니 어린 시절 나의 부모에게 받지 못했던 것이라 나 또한 아이에게 무조건 편들어 주는 것을 하지 못했던 것이다.

내가 어린 시절 내 편 하나 없이 얼마나 외로웠는지 떠올리고 나니 아이가 나에게 왜 그렇게 서운해했는지 알 수 있었다.

아이가 사춘기를 겪으며 유독 부모를 힘들게 하면 엄마들은 부정적 태도를 보이게 된다. 이는 아이들이 힘들게 해서 그럴 수도 있지만, 원래 엄마의 태도가 부정적이어서 자녀가 분노하고 공격적으로 변했을 수도 있다.

부모의 부정적 태도

첫 번째, 아이의 말을 끝까지 들어주지 않고 자꾸 자른다(내 생각이 옳다, 네가 틀린 것이다).

"말 같은 소리를 해야 들어주지" 또는 "너는 조용히 해! 뭘 잘했다고"라며 이야기를 끊어버리거나, 다 듣기도 전에 먼저 판단하고 이래라저래라 하는 것이 엄마들이 가장 많이 하는 실수다.

일단 말이 되든 안 되든 끝까지 들어준 다음에 엄마가 바라는 점이나 고쳤으면 하는 점을 짧게 이야기한다. 아이의 말 속에 아이의 욕구가 있기 때문이다.

잘못된 행동이나 어떤 요구를 할 때는 자기가 뭔가 바라는 것, 이루고 싶은 욕구가 있기 마련이다. 그 욕구를 파악해야 해결책도 나올 수 있다.

정말 말도 안 되는 요구나 떼를 부릴 때 "요즘 학교생활이 많이 힘든가 보구나. 무슨 일이 있니?"라며 이야기를 들어주고 공감해 주기만 해도 해결될 때가 있다.

"그랬어?"

"그래서 어떻게 됐어?"

"더 얘기해봐, 궁금해~."

"아~ ○○○하다는 거지?"

맞장구쳐 주고, 아이가 그 당시 느꼈을 감정에 공감해 주는 것이 가장 기본이 되어야만 아이의 이야기를 끌어낼 수 있다.

두 번째, 자기의 말만 하고 따지거나 명령조, 공격적인 말투, "내가 뭐라 그랬어?"처럼 책임을 돌리는 말투를 쓴다.

어린 시절에 부모가 자기 말을 들어주지 않았다면, 그래서 외로웠다면 부모가 되었을 때 자기 말을 하려고 한다. 지시하고 잔소리하고 싶어 하기에 아이 말이 귀에 들어오지 않는다. 아이의 마음보다 내 마음을 알아주지 않는 억울함이 먼저다.

설령 아이가 자기 맘대로 어떤 일을 해서 걱정하던 일이 벌어졌더라도 거기에 대고 "내가 그럴 줄 알았다" 같은 말은 하지 말아야 한다.

아이 스스로 느끼고 있는데 엄마가 굳이 확인해 줘봤자 자연적 귀결의 효과만 떨어질 뿐이다. '엄마는 내가 잘못되길 바란 거야 뭐야'라는 생각까지 들게 해서 오히려 관계만 나빠진다.

세 번째, 강제로 통제한다.

아이의 기분을 먼저 살피는 것이 아니라 힘을 사용해서 더 강력하게 제약을 가한다.

우리가 움직여야 할 것은 몸이 아니라 마음이다. 아무리 혼을 내고 매를 들어도 스스로 하지 말아야겠다고 결심하지 않는 이상 아이를 움직일 수 없다는 것을 명심해야 한다.

네 번째, 아이의 장점이나 무엇에 관심이 있는지도 모르며, 아이의 감정을 무시한다.

먼저 아이가 무엇을 하고 싶어 하는지, 왜 그것을 하고 싶어 하는지 이해해야 한다. 그다음 어떻게 하면 마음을 움직일 수 있는지 생각해야 한다.

아이가 무기력하고 아무것도 안 하려고 할 때 꼭 권하는 것이 있다. 자녀의 장점 50가지 찾기다. 나도 물론 해보았지만, 정도를 넘게 속을 썩이는 아이의 장점을 10가지 찾기도 쉽지 않다.

하지만 단점도 바꿔서 보면 장점이 되지 않는가? 불평이 많다는 것은 비판력이 뛰어나다, 산만하다는 호기심이 많다는 식으로 말이다.

이것을 정리해서 아이에게 전해줘 보자. "이게 뭐야?"라며 옆에 팽개쳐 두었다가도 엄마가 나가고 나면 슬며시 읽어보고 '나한테 이런 장점이 있었어?'라고 생각할 것이다.

그 장점을 바탕으로 아이에게 무언가 해볼 것을 권유하는 것은 어떨까? 그것이 하나의 도화선이 돼서 아이가 숨어 있던 열정을 불태우게 될지 누가 알겠는가.

아이에게 있는 반항의 에너지를 다른 곳에서 발산할 수 있다면 그것이 무엇이든 '베리베리 땡큐'다.

자신의 미래를 긍정적으로 그리는 아이는 절대로 자신을 망치는 일을 하지 않는다. 그러려면 아이가 무엇을 하고 싶어 하는지 찾아주어야 한다.

부모의 말투와 태도만 잘 살펴보고 고쳐도 아이의 자존감 도둑 신세는 면할 수 있다.

남편과 전우가 되자

나는 결혼하고 남편과 정말 많이 싸웠다. 남편은 결혼해도 총각 때처럼 그냥 살면 되는 줄 알았다고 털어놓았다. 뭐든 다 해줄 것처럼, 입안의 혀처럼 굴더니만 그런 생각을 했다니 배신감마저 들었다.

연애할 때는 동업을 하고 있어서 시간이 자유로워 6시 땡 하면 집 앞으로 와 나를 기다리던 남자는 결혼하자마자 사업을 접었고, 자주 직장을 옮겼다. 그리고 새로운 직장에 나갈 때마다 적응을 해야 했기에 매일 늦게 왔다.

결혼 후 바로 아이가 생겨 아무런 준비 없이 엄마가 돼버린 나는 사막에 홀로 떨어져 있는 듯 너무나도 외로웠다. 나에게는 '사랑고파병'이 있었고, 남편도 나도 인정욕구가 강했다.

인정욕구란 다른 사람에게서 자신의 존재 가치를 인정받고자 하는 욕구다. 사실 누구나 인정받고 싶어 하지만 인정욕구가 강한 사람은 다른 사람들의 반응에 민감하고, 자신을 인정해 주지 않으면 분노한다.

남편과 나는 대접받기만 바랐지 상대방을 인정해 주고 이해하는 데는 서툴렀기 때문에 싸울 때마다 서로에게 많은 상처를 주었다.

남편이 직장보다 가정이 우선이라는 것을 아는 데는 한참이 걸렸다. 그사이 아이는 엄마 아빠가 다투는 것을 자주 보았을 것이다.

들은 것은 있어서 엄마 아빠가 싸우는 것은 절대 너 때문이 아니라고 이야기해 주었으나, 아이는 상처 받고 냉랭한 분위기에 눈치를 보아야 했을 것이다.

엄마 아빠가 무엇 때문에 싸우는지 이유는 모르지만, 부모의 언성만 높아져도 6개월 된 아이의 소변 속에서 스트레스호르몬이 다량 검출된다고 한다.

이로 인해 작은 스트레스에도 과격하게 반응하며, 위축되거나 충동적으로 변하고 신체 각성을 조절하기가 어려워질 수 있다고 한다.

또 걸핏하면 울거나 화내거나 싸우다 보니 부모님이나 선생님에게 자꾸 꾸지람을 듣게 되고, 또래 관계가 나빠지며, 집중해서 공부하기가 힘들어질 수도 있다.

'서로 다른 사람이 만나서 살다 보면 싸우기도 하는 것이지'라고 안일하게 생각했던 부부의 싸움이 아이들에게 이런 영향을 끼칠 수 있다는 것이 놀랍지 않은가?

엄마들이 아이들에게 하지 말아야 할 것이 더 있다. 아이 앞에서 아빠에 대해 안 좋은 이야기를 계속하는 것이다.

대체로 엄마는 아이와 더 많은 시간을 보내며 아빠보다 더 많은 양육을 담당한다. 그리고 아빠와 아이 사이에는 반드시 엄마라는 존재가 있다.

남편에 대한 불만이 있을 때 아내는 자녀를 자기편으로 만들어 남편에 대한 불만을 토로하고 감정을 쏟아낸다. 그 과정에서 자연스럽게 아이는 아빠를 미워하고 아빠와 멀어진다.

"이제 내가 사는 이유는 너희야. 너희 때문에 사는 거야"라는 말은 아이들에게 엄청난 불안과 무거운 짐을 지운다. 이것이 '엄마의 인생을 책임지라'고 무의식중에 세뇌하는 것과 무엇이 다른가?

엄마의 편이 된 아이는 자기 스스로 생각하고 느끼는 것이 불가능해지고, 아빠에게 좋은 감정을 갖기 어렵다. 오랫동안 엄마와 형성한 관계에서 엄마에 대한 충성심이 작용하기 때문이다.

이것이 자녀들에게 얼마나 큰 상처를 주는지 부모는 인지하지 못하는 경우가 많다. 아빠에 대한 분노로 아이를 묶어놓고 아이를 미치게 하는 엄마, 아이를 사랑하지만 잘못된 방법으로 아이를 묶어두는 엄마다.

"저는 왜 이렇게 마음이 답답한지 몰랐어요. 왜 이렇게 무기력하고, 옴짝달싹 아무것도 못 할 것 같고, 정신적으로 힘든지…… 나약해서 그런 걸까? 단지 아빠가 악마이기 때문이라고 생각했어요. 왜 이런 아빠를 만났을까 그래서 정말 죽이고 싶을 정도로 아빠가 미웠는데……."

_『나의 다정하고 무례한 엄마』(이남옥, 2020, 라이프앤페이지)

엄마의 감정은 엄마가 해결해야 한다. 아이들에게 아빠의 자리는 분명히 필요하다. 아빠를 미워하게 만들고, 나쁜 사람이라고 믿으며 살아가게 한다는 것은 엄마의 월권행위다.

머리로는 아빠가 밉지만 아이들 마음속에는 아빠에게 사랑받고 싶다는 간절함이 있다. 아빠는 아이에게 뿌리 같은 존재다. 아빠와의 관계가 틀어지면 아이는 아빠를 밀쳐내고 엄마를 함부로 대할 수 있다.

나는 우리 큰아이가 방황하기 시작했을 때 도서관에 있는 사춘기 관련 책을 거의 다 찾아봤을 정도로 책으로부터 정보를 얻고자 했다. 그러면서 아이가 어릴 때 우리 부부가 키우지 못해 애착 형성이 제대로 되지 않은 것이 가장 큰 문제였다는 것과 또 어떤 것이 상처가 되었을까를 고민하며 남편과 이야기를 많이 했다.

남편은 결혼하자마자 아이가 생긴 데다 시댁에서 길러주시다 보니 아이의 소중함이나 애틋함을 잘 모르고 큰아이를 키웠다. 그러다가 8년 만에 둘째를 낳고는 너무나 예쁘고 사랑스런 나머지 큰아이에게는 동생을 편애하는 아빠가 되어버렸다.

어릴 때 아빠에게 인정받지 못한 딸은 사춘기 시기나 성인이 돼서 이 남자 저 남자 만나고 다닐 수 있고, 그러면서도 늘 외로워하고 만족하지 못하게 될 수도 있다.

또한 남자의 요구를 거절하지 못하고 다 맞추려고 할 수 있다는 말을 해주었더니 남편은 자신이 바뀌어야겠다고 결심하고 노력하기 시작했다.

아이가 심하게 행동하고 밉게 굴 때는 정말 포기하고 싶은 생각이 들 때도 솔직히 있었다.

그럴 때 아이가 받았을 어릴 적 상처를 떠올리게 하거나, 아이 입장에서 그럴 수도 있다, 또는 요즘 아이들은 더 심하다며 서로가 포기하지 않도록 다독였다.

아이가 비뚤어지면 부부는 서로 본인 때문에 아이가 그런가 싶어 말은 안 하지만 마음이 불편하다. 그러면서 그것을 인정하기 싫어 서로의 탓을 하며 사이가 더 나빠진다. 그러면 아이는 더 집에 있고 싶지가 않다.

먼저 상대방의 피를 닦아주자. 그러면 상대방도 손을 내밀 것이다.

그다음에는 아이의 문제를 해결하기 위해 서로를 안고 똘똘 뭉쳐야 한다. 언젠가 떠날 아이 때문에 아군끼리 원수가 되면 곤란하지 않겠는가.

그 친구는 제발 안 만나면 안 되니?

우리 큰아이가 처음 반항을 시작했을 때 같이 사고 치면서 늘 붙어 다니던 친구가 있었다. 나는 그때 그 친구가 너무 싫었다. 어떻게든 떼어놓고 싶어서 별짓을 다했지만 아이는 나 몰래 만나고 있었다.

부모가 아무리 그 친구가 싫어도 만나지 말란다고 안 만나는 일은 없다. 친구가 전부인 시기인 데다 자기와 비슷한 감정을 느끼는 사람에게 끌리는 특성상 그 친구는 자기의 분신과 같다. 지금까지도 가장 친한 친구라고 말을 한다.

아이는 내게 "엄마는 그 애 때문에 그랬다고 생각하는지 모르겠지만, 나 때문에 그렇게 되었을 수도 있단 생각은 왜 못 해? 똑같으니까 만나는 거지 누구 때문은 아니야"라고 말한다.

생각해 보면 나도 사춘기 시절 어울려 다니던 친구들과 지금까지 제일 친하다. 이사를 한다고 해서 아이들이 안 만날 것 같은가? 그렇지 않다.

이성 친구도 마찬가지다. 마음에 안 드는 남자아이와 만난다며 나에게 상담을 청한 엄마가 있었다. 아이가 중학교 때부터 지금까지 남자를 몇 명이나 만났는지 모르겠다면서 잘못될까 봐 걱정이라고 했다.

딸 가진 엄마가 걱정하는 것은 누구나 똑같겠지만, 혹시나 원치 않은 성관계로 임신이라도 할까 봐 대놓고 말하진 못하지만 걱정일 것이다.

여자아이는 인정받고 자라지 못하면(특히 아빠에게) 이 남자 저 남자에게 잘 보이려 하고, 그들에게 인정받고 사랑받고 싶어 한다. 자신에게 조금만 잘해주면 푹 빠져버린다. 요즘 말로 '금사빠(금방 사랑에 빠진다는 것)'다. 이것도 일종의 '사랑고파병'이다.

남자가 있어도 또 다른 남자를 만난다거나, 성관계를 거절하지 못하고 빨리 받아들일 확률도 높다.

이 아이들에게 가장 필요한 것은 인정과 믿음이다. 물론 믿음이 가지 않으니 못 믿는 것이고, 내 아이보다 상대 남자아이를 믿지 못하기 때문에 걱정하는 것이지만 그래도 어쩌겠는가. 매일 따라다닐 수도 없고, 머리 깎아서 집에다 가둬놓을 수도 없지 않은가.

요즘은 여자아이가 남자아이보다 적극적으로 관계를 요구하는 일도 많이 있다고 한다. 심한 말로 아이를 죄인마냥 몰아붙이고 늘 감시하다 보니 아이는 거짓말로 상황을 모면하려다 들키고, 악순환이 반복되는 것이다.

나는 어머니께 가만히 두면 만나다가 헤어질 수도 있는 사이를 오히려 로미오와 줄리엣을 만들어놓는 격이라고 말했다. 지금처럼 남자아이에게 전화해서 만나지 말라거나, 왜 거짓말하느냐고 추궁하고 죄인 취급하는 것은 그만두시고 내 아이가 꼭 지켰으면 하는 것을 두세 가지 정도만 정하시라고 했다.

그것을 가지고 아이와 대화해서 협상을 해보시고, 나머지는 걱정되더라도 알아서 하도록 두시라고 했다.

아이는 자꾸 간섭하고 못 만나게 하면 어떻게든 빨리 부모와 떨어져 살 궁리를 한다. 그래서 가출하거나 더 후회할 일을 만들기도 한다.

법륜 스님의 말씀대로 사춘기 때 연애하는 것을 막으면 결혼할 나이가 되어서도 이성을 못 만난다. 사춘기 때 만나고 상처도 받고 이별도 해봐야 성인이 돼서 제대로 사랑할 수 있지 않겠는가.

결혼 안 시키고 평생 옆에 두고 살 것 아니면 연애하는 것은 억지로 막지 말아야 한다. 엄마가 걱정되는 바를 말해주고(일종의 세뇌), 거짓말하지 않도록 이야기를 계속 들어주면서 관계를 유지하는 것이 더 중요하다.

무슨 이야기를 어떻게 해야 할지 참 난감할 것이다. 나도 입이 안 떨어져서 힘들었지만 아무렇지 않은 듯 툭 "요즘 애들 이런 일 있다면서~" 하고 물꼬를 트면 그다음부터는 조금 쉬워진다.

나는 모로토미 요시히코가 쓴 『여자아이 키울 때 꼭 알아야 할 것들』(2013, 나무생각)에서 알려준 것을 참고로 이야기했다.

"남자가 너를 정말로 사랑하면 반드시 콘돔을 사용할 거야. '그런 건 귀찮아'라거나 '나를 사랑하지 않는구나'라고 말하면서 콘돔을 쓰지 않으려는 남자는 사실은 자기의 욕구를 푸는 것만이 목적인 저질이야. 엄마는 그런 남자와 관계를 갖는 건 나쁘다고 생각해. 관계를 갖는다는 것은 사랑하는 사람과 몸과 마음을 하나로 만드는 아름다운 행위야. 그러니까 장난삼아 하는 게 아니라 너를 진심으로 사랑하고 소중하게 생각해 주는 상대를 선택해야 해."

질외사정이 안전하다는 것은 틀린 말이며, 내가 원치 않는데 나를 사랑하지 않는 거냐며 화를 낸다면 너를 사랑하지만 지금은 원치 않는다고 딱 잘라서 말할 수 있어야 하고, 그런데도 계속 요구한다면 그 사람과는 헤어지는 것이 낫다고도 이야기해 주었다.

주변에 보면 부모님이 너무 답답해서 벗어나고 싶은 나머지 제대로 살펴보지도 않고 덥석 결혼하는 경우가 많다. 그렇게 딸자식을 보내고 후회하게 만들고 싶은 것이 아니라면 아이를 죄인 취급하며 감시하지 말아야 한다.

아이는 내 맘대로 되지 않는다. 부모가 원치 않는 행동을 한다면 차분하고 단호하게 계속 말해주어야 한다. 그 행동이 왜 안 좋은지 그리고 어떤 결과를 초래하는지에 대해서 말이다.

학생이 그러면 안 된다는 말은 통하지 않는다. 현실적으로 닥칠 불리한 상황, 그에 대한 결과와 자신이 책임져야 할 일까지 모두 말해주어야 한다는 것이다.

아이가 이리저리 헤매어 다니다가도 집에 들어오면 따뜻함이 느껴져야 한다. 방황하는 아이들의 마음도 사실은 많이 불안하다. 아무 생각이 없는 것처럼 보이지만 자기도 마음이 복잡하고 편하지 않아서 그런 마음을 자신과 비슷한 감정을 느끼는 아이들과 어울리면서 해소하는 것이다.

그 친구들과 어울리는 것보다 집에 있을 때 편안함이 느껴진다면 나가서 놀다가도 피곤하고 힘들면 집에 들어온다.

아이가 마음에 안 드는 친구들과 어울린다면 집으로 데려오게끔 유도하면서 그 아이들과 친해지려고 노력하자.

나는 사춘기 시절 정말 자주 가던 친구 집이 있었는데 그 친구의 부모님이 나를 좋아하시는 줄 알았다. 하지만 내 아이가 사춘기를 맞아 내가 좋아하지 않는 친구들을 집으로 데려오게 한 뒤로는 그때 그 친구의 부모님이 나를 좋아한 것이 아니라 내 새끼가 나가는 것보다 내 눈앞에 있는 것이 낫기 때문에 그랬던 것임을 알게 되었다.

하루에 한 번이라도 아이와 웃을 수 있는 시간을 만들자. 어릴 적 사진을 보여주고 에피소드를 말해주면서 은근히 네가 엄청 사랑받고 자란 아이라는 것을 알려준다거나, 아이가 관심 있을 만한 이야기를 찾아보고 좋아하는 음식을 준비해서 말을 건네려 노력해 보자.

한 번 웃는 것이 뭐가 그리 대수냐 하겠지만 한 번이 두 번이 되고, 그러다 보면 아이의 마음도 서서히 가족과 동화된다.

둘

변해야 산다

최고의 가치를 부여해 봤는가?

아이가 초등학교에 입학했을 때 다른 아이들과 제대로 어울리지 못해서 힘들어했다. 또래 친구들과 잘 어울리기를 바랐건만 그러질 못해서 매번 속을 태웠다.

그때 아이의 기질을 이해하고 거기에 맞게 긍정해 주면서 키웠어야 했는데 그러질 못했다. 아마 나의 어린 시절을 보는 것 같아서 불편했었나 보다.

아이에게 "그러면 아이들이 싫어해. 왜 그랬어!"라며 이렇게 해라 저렇게 해라 달라지라고 강요했다. 아이는 자신에 대해 좋은 마음을 가졌을까? 틀림없이 자기가 부족한 아이라는 생각을 하며 더 작아졌을 것이다.

내 불안으로 인해 아이에게 거절감을 느끼게 하고, 실수하더라도 무엇이든 해보게 했어야 했는데 못 하게 하는 것이 많았던 엄마. 받아주고, 믿어주고, 편이 되어주지 못해서 아이는 욕구가 억압되고 더 외로웠을 거라 생각하니 마음이 아프다.

한 의사가 아프리카 오지에서 의료봉사를 하며 겪었던 이야기라고 한다. 그 마을에는 독특한 결혼 풍습이 있었다. 청혼을 할 때 남자는 암소를 끌고 여자의 집에 가서 소리를 지른다. "이 암소를 받고 딸을 주세요!"

특등 신붓감은 암소 세 마리, 괜찮은 신붓감은 두 마리 그리고 보통의 신붓감이라면 한 마리로도 승낙을 얻을 수 있다.

한 청년이 청혼하러 가는 날이었다. 청년이 몰고 나온 청혼 선물은 살찐 암소 아홉 마리였다. 사람들은 상대가 누구인지 궁금해하며 술렁이기 시작했다.

청년은 마을 촌장집도, 지역 유지인 바나나 농장 주인집도, 마을 여선생의 집도 그냥 지나쳤다. 그렇게 한참을 걷더니 어느 허름한 집 앞에 멈춰 섰다. 청년은 그 집 노인의 딸에게 청혼했다.

딸은 큰 키에 비해 마르고 심약해 보이는 초라한 여자였다. 누가 봐도 암소 한 마리로 청혼할 상대였다. 동네 사람들은 암소 아홉 마리를 끌고 간 청년의 어리석음에 대해 수근거렸다.

오랜 세월이 지나고 의사가 휴가차 다시 그 마을을 찾았다. 의사는 큰 사업가가 된 옛날의 그 청년을 만났고, 저녁 식사에 초대받았다.

아름답고 우아한 흑인 여인이 차를 들고 들어왔다. 영어를 유창하게 구사하는 여인이었다. 의사는 이 청년이 또 다른 아내를 맞이했나 보다 생각하며 암소 아홉 마리로 청혼했던 처녀에 대해 넌지시 물었다.

"선생님, 저 사람이 그때 제가 청혼했던 처녀입니다."

청년은 그때 일을 이야기했다.

"사실 그때 암소 한 마리로도 충분히 혼인 승낙을 받을 수 있었습니다. 그러나 제가 사랑하는 여인이 자신의 가치를 암소 한 마리로 생각하게 될 것이 싫었습니다. 청혼 때 몇 마리의 암소를 받았느냐가 평생 동안 자기 가치를 가늠하는 척도가 되기 때문입니다. 저는 세 마리를 훨씬 뛰어넘는 아홉 마리를 생각했습니다. 결혼 후 아내에게 공부를 하라거나 외모를 꾸미라고 요구한 적이 없습니다. 저는 있는 그대로의 아내를 사랑했고, 또 사랑한다고 이야기해 주었을 뿐입니다. 아내는 암소 아홉 마리에 걸맞은 사람으로 변하기 시작했습니다. 저는 예전이나 지금이나 아내를 똑같이 사랑합니다. 그러나 아내는 결혼할 당시보다 지금 자신의 모습을 더 사랑하는 것 같습니다."

청년은 이렇게 덧붙였다.

"누군가 소중한 사람이 있다면, 그 사람에게 최고의 가치를 부여해야 합니다. 그리고 누군가로부터 인정을 받으려면, 자신에게 최고의 가치를 부여해야 합니다"

_『반항아 길들이기』(루디 로데, 모나 자비네 마이스, 2011, 전나무숲)

이 글을 읽고 느끼는 바가 많았다. 지금 행동을 보고 미래에 사람 구실도 제대로 못 하고 살까 걱정하며 부정적인 미래를 단정 지어 말하지 말자.

"니가 뭐가 되려고 그따위로 행동하니? 그렇게 공부 안 하다가 밑바닥 인생 산다! 그때 가서 후회해 봐야 정신 차릴래?" 아이의 미래가 정말 그렇게 되길 원하는가?

진심으로 믿고 말하고 행동하면 이루어진다고 했다. 이건 더는 신비스런 이야기가 아니다. 과학적으로 증명된 이야기다.

우리의 뇌는 현실과 상상을 구분하지 못한다. 강력한 상상을 현실로 받아들이며, 정말로 그렇게 되도록 우주의 기운이 움직인다.

아이가 공부도 안 하고 사고나 치고 다니며 학교도 잘 안 가고 게임에 빠져 있더라도 '자기가 하겠다고 마음먹는 때가 오면 스스로 알아서 열심히 할 것이다'라고 믿고 지켜봐야 한다.

잘못된 행동을 고쳐야지 그걸 어떻게 두고만 보냐고 반문하고 걱정하는 분들이 많을 것이다. 당연하다.

하지만 고쳐주고 싶다고 해서 고쳐졌는가? 여태 혼도 내봤을 것이고 핸드폰 압수, 컴퓨터 사용 금지, 용돈 안 주기…… 다 해보지 않았는가?

그래도 어쩔 수 없으니 고민하고 책 찾아보고 병원에 가봐야 하나 고민도 하고 있지 않은가. 똑같은 상황에서 변화할 대상은 부모 자신밖에는 없다. 아이가 변하지 않으면 우리의 행동과 생각을 바꿔야지 다른 방법이 없다.

아이가 엄마를 쳐다봐야 말을 할 것이고, 뭔가 생각해 보게끔 질문도 할 수 있는 것이다. 그러니 아이에게 날 선 말투와 태도로 "어디 니 맘대로 해봐라!" 하며 레이저 날리는 대신 "아이고 나중에 뭐가 돼도 될 놈!" 하며 밥이라도 잘 챙겨주자.

아이는 자신이 꽤 괜찮은 사람이고, 마음만 먹으면 제대로 할 수 있는 사람이라는 생각이 들어야 스스로 살아갈 힘이 생긴다.

고래 말고 우리 아이를 춤추게 하자

아이가 앞으로 좋아질 모습을 상상하고, 따뜻하게 이야기해 주려고 부단히 노력해도 사춘기 아이는 칭찬받을 일을 여간해서는 하질 않는다. 나도 모르게 눈이 사나워진다.

피아노를 가르칠 때 내가 핸드폰으로 우리 딸과 통화를 하고 끊자 학원생인 아이가 말한다. "선생님, 벨 소리 울릴 때 보니까 '내 이쁜 딸'이라고 뜨던데 말투는 왜 그래요?"

헉! 뜨끔하다. "말을 안 들어서 그래"라고 했지만 엄마 말투가 늘상 그렇다면 아이는 자기가 잘못한 일이 많아서 엄마가 그런다고 생각할까? 사랑하지 않는다고 생각할까?

사춘기의 아이들은 말투에 아주 예민하다. 자기가 어떤 상황을 만들었는지는 생각하지 못하고 선생님이 조금만 사무적인 말투나 억양으로 말을 해도 아이들 말로 "왜 저따구로 말해?"라며 광분한다.

하물며 매일 대하는 엄마의 말투는 더할 것이다. 그게 기분이 상해서 괜한 말싸움으로 엄마에게 시비를 건다.

청소년들이 부모와 대화하고 싶지 않은 이유를 두 가지로 대답했는데 첫 번째는 "맞는 말만 한다", 두 번째는 "맞는 말을 매우 기분 나쁘게 한다"라고 한다. 웃음이 나는데 또 한편으로는 이해가 되기도 한다.

아이가 어쩌다가라도 예전보다 나은 행동을 했다면 놓치지 말고 칭찬해 주어야 한다.

'나-전달법(I-Message; '나'를 주어로 상대방의 행동에 대한 나의 감정을 전하는 방법)'을 아이가 어떤 행동을 고치기를 바랄 때만 쓸 것이 아니라 칭찬할 때도 써보자.

"○○이가 동생에게 친절하게 대해주니 엄마가 기분이 아주 좋네. 왜냐하면 엄마 말을 무시하지 않았다는 생각이 들어서 말이야. 우리 ○○이가 좋아하는 마라탕 먹으러 갈까?"

아이가 아주 작은 일이라도 뭔가를 잘했을 때 칭찬을 하되 칭찬은 칭찬으로 끝나야지 거기에 다른 부가 사항을 붙여선 안 된다. "잘할 수 있는 애가 지금까진 왜 안 했어? 이렇게 맨날 하면 얼마나 좋겠니?" 같은 것 말이다.

아이도 인정과 칭찬을 받고 싶은데 그럴 일이 별로 없다. 아이가 하는 말에도 인정해 줄 것은 인정하고 아주 사소한 것, 당연한 것이라도 칭찬해 줄 것은 칭찬해야 한다.

학교에서도 집에서도 매일 지적만 받는다면 자신의 미래를 긍정적으로 생각할 수 있을까?

빛나는 미래까지는 아니더라도 자기에게 긍정적인 미래가 있다고 믿는 아이들은 나쁜 일에 빠져서 자신을 포기하는 일이 없다는 것을 잊지 말자.

요즘 사건 사고가 얼마나 많은가? 살아 있음에 대한 기쁨을 매일매일 자각하면 자기가 가진 것을 돌아보게 되고, 그럼 작은 일에도 칭찬할 거리가 생긴다.

사람은 영혼을 가진 존재다. 누구나 잘되고 싶고 행복해지고 싶어 한다. 아이가 뭐가 되려고 그러는지 모르겠다며 부모가 걱정한들 아무 소용이 없다.

가만히 두면 아이들이 자신의 걱정을 제일 많이 한다. 엄마가 대신 나서서 걱정하고 비난하고 단정 지으니 아이가 자신의 걱정을 안 하는 것뿐이다.

서로에게 적당히 바라고, 작은 노력이나 변화에도 감사하자. 조금만 더 나아지면 된다.

칭찬이 잘 안 된다고 낙심하지도 말자. 본인이 받아보지 못한 것을 주기는 어렵지만, 우리는 성인이니 노력하면 충분히 좋아질 수 있다.

다시 한번 시작하자! 당장 고칠 순 없어도 끝까지 함께할 수는 있다. 대신 해줄 수는 없지만, 잡은 손을 놓지 않을 수는 있다.

대신 걱정해 주지 말 것

우리나라는 아이들과 너무나 밀착되어 있고 간섭이 심하다. 초등학교에 입학한 아이를 학교에 데려다준 적이 있을 것이다. 그때 다들 어떻게 하고 오는지 생각해 보자.

아이의 가방을 대신 들고, 손을 꼭 잡고 데려다줄 것이다. 손을 잡는다는 것은 답답하면 손을 잡아끌어서 부모의 페이스(pace)에 맞춘다는 뜻이기도 하다.

'부모가 자식을 위해 지나칠 정도로 많은 일을 해주는 것은 자식의 모든 수고를 덜어주면서 자식의 손을 자르고 이를 뽑아버리는 것이다'라는 말이 있다.

아이의 문제가 부모의 문제가 되는 순간, 아이들은 아무것도 하지 않는다.

우리는 이사를 했지만 내 일터가 이사 오기 전 그곳에 있어서 전학을 시키지 않고 아이들을 차로 데려다주었다. 큰아이의 학교는 우리 집에서 한 번에 가는 버스도 없었지만 무엇보다 학교에 안 갈까 봐 어떻게든 깨워서 데려다주려고 했다.

매번 늦게 일어나면서도 왜 그렇게 소리를 크게 지르는지……. 지각을 안 시키려면 신호고 뭐고 다 무시하고 날아가다시피 해야만 했다.

그 시간에 나가면 작은아이도 지각할 것 같아 발을 동동 구르는데도 아이는 느긋하기만 했고, 고등학생보다는 초등학생이 늦는 게 낫지 하면서 아이에게 참으라고 했었다. 작은아이는 언니가 무서워서 하고 싶은 말이 있어도 제대로 하지 못한다.

매일 아침이 전쟁이었다. 학교에 가는 날은 늦어서 난리, 안 가는 날은 안 간다고 소리소리 질러가면서 난리…… 어휴, 정말 지금 생각해도 끔찍하다.

앞에서도 이야기했지만 나는 학교에 민감했다. 아이는 어떻게든 학교에 가지 않으려 했다. 놀 친구가 없는 것도 아니었는데 정말 이해가 되질 않았다.

아이는 공부도 안 하고 학교에 가서 잠만 자는데 왜 꼭 매일

가야 하냐며 뻔뻔하게 말했다. 그래도 학생이면 적어도 잠을 자든 말든 학교에는 가야 하는 것 아니냐고, 공부를 하라는 것도 아니고 학교만 가라는데 어쩜 그것도 제대로 안 하면서 큰소리냐며 '네버엔딩 스토리'를 읊어댔었다.

예전에 텔레비전에서 개그맨 남희석 씨의 어머니가 "우리 희석이는 정말 대단히 성실한 애야. 공부도 안 하면서 초·중·고 모조리 개근을 했다니까"라고 해서 얼마나 웃었는지 모른다. 그런데 지금은 정말 박수 쳐주고 싶을 만큼 대단하게 느껴진다.

학교에 가다가 자기가 음료수를 엎고도 자기가 더 난리였다. 차 돌리라고 집에 가겠다고 그러면 일단 학교에 가 있으라고, 엄마가 갈아입을 옷 가져다줄 테니 몇 분만 참고 있으라고 되려 눈치를 보며 달랬다.

자기 잘못으로 엎었으면 부주의했으니 미안해해야 하는 것 아닌가? "엄마 때문에 학교 가주는 거야"라는 말을 내가 왜 들어야 하냐고!

내가 학교에 목숨을 거니 아이는 그렇게 당당해져 갔다. 아침에 학교에 데려다주지 말아야 한다. 엄마에게 차가 없어야 데리러 와라 데려다줘라 하지를 않지…….

부모들도 이를 잘 알지만 '성적에 반영될 텐데, 문제아로 찍히진 않을까, 지각하면 불리하잖아'라는 생각 때문에 그냥 놔두지 못하는 것이다.

아이들이 나이를 먹을수록 부모 말을 더 잘 듣게 될까? 대부분은 그렇지 못하다. 예상되는 결과치가 있지만 불안과 두려움을 내려놓고 직접 경험하게 두어야 한다.

조금 더 빨리 경험하게 할수록 손해가 적으니 일찍 시작했다면 좋았겠으나 지금이라도 그렇게 하도록 노력하자.

"내일부터는 특별한 일이 없는 한 차로 데려다주지 않을 거야. 너도 이제 알아서 관리할 수 있는 나이니 미리 서둘러서 지각하지 않도록 해라"고 말하는 것이다.

지각하는 아이들은 계속해서 지각할 것이고, 학교에 가지 않을 아이는 데려다준다고 해서 학교에 붙어 있지는 않을 것이다.

정말 학교를 그만둘 생각이 있는 아이가 아니라면 지각과 결석도 수업일수가 모자랄 지경까지는 하지 않을 것이다. 그때가 되면 수업일수를 채우기 위해 어쩔 수 없이 나갈 것이다.

성실하지 않아서 불이익을 받는다면 그것은 성실하지 못한 아이가 책임져야 할 일이다. 부모가 할 수 있는 것은 없다. 자기가 결정하고 자기가 책임진다는 것을 알려주는 것 말고는. 그래야 가능한 결과들을 직접 생각한다.

어떤 결과가 나오든 "거 봐, 내가 그럴 줄 알았다~"라는 말이 목구멍까지 나올지라도 눌러 삼켜야 한다. 그 말을 하는 순간, 자신이 결정한 것에 대한 결과를 스스로 배울 수 있는 소중한 기회를 날려버릴 수 있으니 말이다.

최악의 상황이 일어날 가능성도 배제하지 말자. 살아가다 보면 어려운 일들이 일어나게 마련이다. 미리 걱정하라는 것이 아니라 그런 상황이 오면 그때 가서 또 해결하면 된다고 생각하는 게 좋다는 것이다.

말을 물가로 데려갈 순 있지만 대신 물을 먹여줄 순 없다고 하지 않았는가! 우리는 말을 물가로 데리고 가기도 어려운 상황이다. 말이 목이 마른지를 알려주는 것밖에는 할 수 없다.

말에게 물을 먹지 않는 것은 결국 말의 문제다. 마찬가지로 아이들이 어떤 삶을 살 것인지는 본질적으로 그들의 선택이다.

우리가 바라는 것을 아이도 바란다

여자와 남자가 다른 점 중의 하나가 이야기를 들을 때의 반응이다.

우리가 무슨 이야기를 할 때 남편이 그냥 좀 들어주고 맞장구나 쳐주면 좋겠는데 쓸데없는 말로 기분을 확 상하게 한다.

"아~ 진짜 오랜만에 나갔는데 꼭 걔는 기분 나쁘게……" 어쩌구저쩌구.

"앞으로 나가지 마!"

이게 말이야 방구야? 누가 나가지 말란 말을 듣고 싶어서 이야기한 것인가? 나가고 나가지 않고는 전적으로 내 판단인데 말이다.

그런데 이상하게 엄마들은 여자임에도 불구하고 자식 이야기에는 그냥 들어주고 공감해 주는 것이 왜 그리 안 되는지 모르겠다. 아이가 무슨 고민이나 걱정거리를 이야기하면 해결해 주지 못해서 안달이다.

나만 해도 전학을 해서 친구를 만들지 못한 작은아이에게 이렇게 해봐, 저렇게 해봐 대사까지 정해주면서 해보라고 강요 아닌 강요를 했다. 결국 그 말을 친구에게 건네지 못해서 힘들어하는 아이에게 더 부담만 준 것이다.

안 그래도 머리가 복잡하고 걱정스러울 텐데, 그냥 하고 싶지만 못 하는 심정을 공감만 해주어도 될 것을 내가 말하기도 숨찰 만큼 많은 이야기를 쏟아냈다.

아이가 힘들어할 땐 엄마인 내가 더 아프다. 표시 내지 않으려 노력하지만 마음이 무너지는 게 다반사다.

요즘 아이들은 스트레스가 많아서인지 친구 관계에서도 서로를 아프게 할퀸다.

친구들과 잘 지내다가도 뭔가 마음에 안 들면 아이는 어느 날 혼자가 되고, 남은 친구들끼리만 어울리는 일은 중고등학교에서는 자주 있는 일이다. 아이들은 그런 상황이 될까 봐 전전긍긍하기에 학교생활이 피곤하다.

엄마들 중 아이가 매일 "힘들다", "학교에서 혼자 있다", "외롭다", "학교 가기 싫다" 소리를 할 땐 솔직히 그 이야기 좀 그만하라고 하고 싶다고 토로하기도 한다. 자신이 듣기가 힘들기 때문이다.

쉬는 시간에 혼자 있고 싶지 않아 화장실 칸에 들어가서 시간을 보내는 아이의 기분을 아는가? 점심시간에 누구랑 밥을 먹어야 하나, 그 시간을 어떻게 보내야 하나 고민하며 혼자 학교에 오갈 때 '찌질이'가 된 것 같은 아이의 마음을 생각해 보라.

그 힘듦을 진심으로 함께 느끼고, 현장학습을 하거나 혼자 있어서 힘든 날 선생님께 이야기해서 쉴 수 있게 해주는 것, 그것이 엄마가 아이와 공감하고 아이를 도와줄 수 있는 길이다.

그냥 이겨내라고, 앞으로도 그런 일들이 또 일어날 텐데 그럴 때마다 그러면 어떻게 학교생활을 할 것이냐고 아이를 다그치지 말자.

우선 들어주고 어떻게 하면 도움이 될지 아이의 요구를 적당한 선에서 받아주는 것이 필요하다.

아이가 너무 약해지지 않을까 하는 걱정보다는 아이의 마음에 더욱 신경을 써주는 것이, 아이가 정말로 심각한 일을 당했을 때 엄마에게 믿고 이야기를 할 수 있게 만들어준다.

왕따를 당하는데도, 학교 폭력을 당하는데도 부모에게 이야기 하지 못하는 아이들이 얼마나 많은가?

공감은 아이의 감정을 알아주는 것이지 휩싸이는 것이 아니다. 아이가 힘들어하거나 슬퍼하는 것을 보고 부모가 아이보다 더 힘들어한다면, 아이는 자신의 감정을 내보이기 어렵다.

감정이란 느껴야만 몸을 통과해서 사라진다고 한다. 아이가 자신의 감정을 표현하고 공감을 얻도록 도와주자.

말도 안 되고 때로는 뻔뻔한 말을 늘어놓더라도 일단 들어주자. 고민거리를 이야기할 때 섣부르게 해결책을 내주기보다는 경청하고, 질문을 던지고, 스스로 생각할 기회를 주면 아이들은 스스로 해답을 찾는 경우가 많다.

그럼에도 불구하고 아이가 해결책을 원한다면 그때 엄마의 의견이나 생각을 말하면 된다.

해결해 주려 하지 말고 공감하고 들어주는 것, 그것만 기억하자. 우리가 바라는 것을 아이들도 바라고 있다는 것을 잊지 말자.

담담한 척
태연한 척

사춘기에 접어든 자녀는 자기가 하고 싶은 것을 하려고 할 때, 예전에는 안 된다고 하면 포기하더니 이제는 혼이 나더라도 자기 뜻을 굽히지 않는다.

나 또한 앞에서 이야기했듯이 아이가 아직은 엄마를 무서워한다고 안심했던 일인이었기에 화장 진하게 하고, 교복 치마는 짧아서 걸음이나 걸을 수 있을지 싶게 입고 모여서 무언가를 작당하는 듯한 아이들을 보면 재네들은 부모들이 혼도 안 내나? 생각했었다.

실제로 말 잘 듣던 아이가 갑자기 자기 하고 싶은 대로 하려고 하면 나도 모르게 옛날 방식으로 "안 된다 했지!" 하면서 혼내고 눈을 부라리며 강압적인 몸짓으로 더 통제하게 된다.

사춘기 때 그럴 수 있다는 것을 모르지 않지만, 아는 것은 그냥 아는 것이고 일단 하던 대로 하다가 아이가 소리 지르고 분노를 터트려야만 '이거 뭔가 잘못됐는데……' 하면서 책도 뒤지고 인터넷도 찾아보면서 한발 뒤로 물러서게 된다는 것이다.

지금 이 책을 읽는 부모님들은 이미 한발 물러선 상태일 것이다. 내 아이가 나의 통제가 먹히지 않을 것이라고는 생각도 못 해 봤다. 그런데 결국 내가 제일 듣기 싫어하는 말이 "저걸 가만히 둬? 때려서라도 저 버릇 고쳐놔야지!"라는 말이 될 줄이야…….

어찌 됐건 일은 벌어졌고, 아이가 친구 만나러 나가면 종일 불안했다. 전화벨이 울리면 심장이 덜컹했고, 학교에서 온 전화라면 더더욱 그랬다.

그 당시 학원에서 아이들 피아노를 가르치고 있던 때라 원장이 돼서 자기 아이 하나 잘 키우지 못한다는 말을 들을까 봐 노심초사했다. 남의 말과 눈에 신경 쓸 수밖에 없는 상황인 데다 원래도 남의 말에 민감한 성격이라 많이도 무너졌다.

아이가 점점 말을 안 듣고 자기 마음대로 하려고 할 때 아이의 행동 하나하나에 일희일비하고, 다음 날 학교에 안 간다고 할까 봐 항상 아이 눈치 보기 바빴다.

아이가 친구 만나러 나가면 자꾸 전화하고, 받지도 않는 전화에 카톡과 문자를 번갈아 보내며 언제 들어올 건지 확인하곤 했다.

아이가 친구네 있다고 하면 데리러 가고, 알아서 온다는 데도 굳이 가서 '모시고' 왔다. 물론 매번 연락을 받아서 데리고 올 수 있다면 좋았겠지만 아이는 귀가 시간을 안 지키고 전화는 거의 받질 않았다. 시티폰(받을 수는 없고 걸 수만 있는 폰)도 아니고 이럴 거면 왜 핸드폰 요금을 내주는지…….

그래도 내가 불안하니 핸드폰을 끊을 수가 없었다. 아이가 별것도 아닌 일에 소리를 질러도 남편에게도 손사래를 치면서 가만히 두라고, 큰소리 내지 말라면서 말렸다.

아이가 밤에 집에서 곱게 자고 있을 때는 세상을 다 가진 것처럼 마음이 편했다.

지금 다시 그때로 가라고 한다면 이렇게는 절대 하지 않을 것이다. 그때는 이것이 최선이라 생각했는데…….

비굴하게 눈치 보는 것을 아이도 모를 리가 없다. 일곱 살만 되어도 아이들은 부모를 조종할 줄 알지 않는가. 떼를 쓰면 들어준다는 것을 아는 아이는 드러누워서라도 갖고 싶은 것을 얻어낸다.

원래 우리에게는 '모태 불안'이라는 것이 있는데 아이가 일탈을 하면 아주 울트라급이 된다. 표정도 말투도 눈빛도 누가 봐도 불안함과 초조함 그것일 것이다.

매 순간이 불안해서 자꾸 전화하고 물어보고 집착하고 의심한다. 연애할 때 더 좋아하는 사람이 연락 자주 하고 집착하고 의심하는 것과 같다.

그러면 상대편이 갑이 되면서 귀찮아하고 하대하고 그러다가 점점 다른 사람에게로 눈길을 돌린다는 전개를 많이 보고 듣지 않았는가.

우리가 아이들을 불안해하고, 아무 일도 일어나지 않았는데 자꾸 연락하고 취조하듯 물어보면 자연스럽게 아이들은 갑이 된다. 그럼 어떻게 해야 할까?

담담하고 태연한 척이라도 해야 한다. 휘둘리면 안 된다는 것이다. 휘둘리는 것과 아이의 상처를 알고 보듬고 따뜻한 눈빛으로 보는 것은 다르다.

우리 큰아이는 어릴 적에 사랑받은 기억이 별로 없다고 했다. 네 살까지는 아이를 주말에만 시댁에서 데려오다가 다섯 살이 되면서 완전히 집으로 데려온 후 어린이집을 보냈다.

아이를 생각한다고 나름 자연 친화적인 곳으로 알아봤으며, 숲속에 있는 단독 어린이집으로 보내고 혼자 뿌듯해했다.

아이는 처음 가보는 기관을 무척 낯설어하고, 아침에 들어갈 때마다 가지 않으려 해서 애를 먹었다. 하루라도 빠지면 매번 안 간다고 할까 봐 아프지 않으면 반드시 보냈다.

아이를 데리러 가면 아이가 엄마를 보고 달려와서 안겨야 정상인데 우리 아이는 멀뚱히 쳐다만 보았다. 그때 아이가 애착 형성이 잘 안 됐다는 것을 알았어야 했는데…….

뭔가 이상하다 하면서도 나조차 '어른아이'였던 탓에 나 힘든 것만 생각했다.

아이는 스트레스를 받아서 그런지 어린이집에서 데리고 오면 짜증이 심했고, 나는 그것이 힘들기만 했다.

아이의 사춘기를 겪으면서 책을 통해 이런 것들을 다시 생각하게 되었고, 아이의 문제가 엄마와의 불안정한 애착→동생에 대한 경쟁의식→부모에게 인정받지 못한 불안감→또래 사이에서도 자신이 제대로 수용되지 못하는 열등감 경험→사춘기가 되면서 열등감이 깊어지고 이로 인해 내적 분노가 심해지며 짜증이나 화를 내는 단계를 거쳤으리라는 것을 알 수 있었다.

그래서 최대한 사랑을 느끼게 해주려고 노력한다는 것이, 아이의 말에 휘둘리고 아이를 제대로 훈육하지 못하면서 부딪치기만 하는 잘못된 방식으로 대해온 것이다.

단정 짓고 비난하다가 어떤 날은 어릴 때 엄마가 못 키워서 미안하다며 사과하고…… 그렇게 삐그덕거리면서 2년여를 보냈다.

아이에게 휘둘리지 말아야 한다. 집 나갈까 겁나서 아무 말도 못 해서는 안 된다.

어차피 집 나갈 아이는 어떻게 해도 나간다. 아예 밖에 못 나가게 묶어둘 수 있는 것이 아니라면 자기 발로 나가는 아이를 어떻게 막겠는가. 말을 좀 듣는 아이는 외출 금지라고 하면 나가지 않겠지만 우리 아이들은 통제가 먹히지 않는 아이들이 아닌가…….

눈치 보면서 비굴하게 굴어서 갑을 만들지 말자. 담담하고 태연한 척이라도 하라. 구체적으로 어떻게 해야 하는지는 뒤에 이어서 이야기할 것이다.

훈육이
무서워

아이는 시간이 지나면서 분노 조절이 안 돼 그러는지 말만 하면 소리를 지르고 말싸움을 벌이는 일이 허다했다. 말싸움을 하면 말도 안 되는 이야기를 하면서 우겨대는데 장사가 없다.

무례하게 일부러 성질을 건드리며 말을 하니 어디서 어떻게 끝을 내야 할지 알 수 없는 시간의 반복……. 그러다 보니 혼내야 할 일이 있어도 망설이고 피하고 싶어졌다. 이것이 아이들이 원하는 것이다.

꼭 지적을 해야 할 때도 아이의 방문 손잡이를 부여잡고 내 할 말만 '다다다다' 하고는 눈도 마주치지 않고 다른 곳으로 가버리곤 했다. 눈을 마주치면 또 말싸움으로 번질까 봐서였다.

아이가 모를까? 부모가 자기에게 뭐라고 하는 것을 두려워(?)

한다는 것을 말이다.

아이는 점점 더 자기 멋대로 행동하기 시작했고 자신의 말이 곧 법인 듯 상전이 되어갔다. 기분이 나쁘면 동생에게 화풀이하거나 심하게 간섭했으며, 동생은 언니가 무서워서 찍소리도 못하고 고스란히 당하는 일이 반복되었다.

내가 부당하다고 편이라도 들라치면 아주 난리가 났다. 자기와 달리 엄마 품에서 크고 아빠, 엄마 사랑 듬뿍 받으며 컸다는 이유였다. 부당하면 자기가 말을 하면 되지 왜 엄마가 대신 이야기를 하느냐는 것이다.

틀린 말은 아니지만 사실 나이 차가 여덟 살이나 나는 데다 나이에 비해 체격이 왜소한 동생이 고등학생 언니에게 따박따박 이야기를 하는 것은 쉽지 않은 일이었다.

상황이 이렇다 보니 나는 더욱 아이의 눈치를 보았다. 작은아이마저 언니 때문에 억압되어 비뚤어질까 걱정이었던 나는 중간에 끼어서 이러지도 저러지도 못하고 있었다.

그래도 자신이 아프다고 말하는 아이, 반항이라도 하는 아이는 건강한 아이다. 말하지 않고 표현하지 않다가 극단적인 선택을 하거나, 무기력에 빠져서 아무것도 하지 않는 아이도 있다.

큰아이는 자신의 감정을 많이 표현했다. 화가 날 때도 자신이 불리할 때도 울면서 자신이 사랑받고 싶어서 이러는 거 아니냐며 자기가 좀 잘못하더라도 이해해 줘야 한다고 했다.

그러면 안쓰러운 마음에 넘어가고 그런 일들이 반복되던 어느 날, 별 것 아닌 것으로 또 말다툼이 일어났다. 그러다가 "됐다! 너랑 말해봤자 입만 아프지" 하며 안방으로 들어갔는데 아이가 따라 들어오면서 끝까지 말을 해야지 왜 피하냐며 따지듯 대들었다.

눈빛이며 말투며 완전히 엄마가 아니라 친구랑 싸우듯이 덤비길래 그냥 두어서는 안 될 것 같아 어깨를 밀면서 위협적으로 다가섰다. 그랬더니 자기도 나를 미는 것이 아닌가?

힘이 왜 그리 센 건지 나는 거의 뒤로 넘어지다시피 하며 당황스런 상황이 돼버렸다.

내가 이제 나이가 들어서 자식에게 힘으로도 밀리는 신세가 되다니…… 내 입에서는 "여보~ 얘 좀 봐!" 이 소리밖에 나오질 않았다.

하지만 그 소리는 바깥으로 들리지도 않았고, 이 상황이 믿기지도 않고 자존심도 상해서 어찌 수습해야 할지 앞이 깜깜하기만 했다. 아~ 이러다가 자식한테 맞고 사는 부모가 될 수도 있겠구나!

아이에게 네가 패륜아냐고, 어디서 부모가 민다고 같이 밀 수가 있냐고 소리소리 질렀다. 아이는 왜 부모는 밀어도 되고 자식은 안 되냐고 했다.

큰아이와 내가 말다툼을 할 때면 남편에게 웬만하면 끼어들지 말라고 당부를 해놨던 터라 아이에게 아빠도 별로 무서운 상대가 아니었다. 집에 무서운 사람이 하나도 없다고나 할까?

방으로 들어가라고 하는데도 아이는 자존심으로 버티고 서 있었다. 남편은 더는 참을 수 없었는지 아이를 힘으로 밀어 방으로 들이고는 침대로 세게 떠밀었다. 아이는 베개를 던지고 발버둥을 치며 반항했고, 결국 힘에 밀려서 제풀에 포기했다.

일이 이렇게 되고 보니 그냥 하던 대로 넘어갈 상황이 아니라고 판단됐다. 중학생 때는 어려서 앞뒤 분간 못 하니 집 나갈까 두려워서 어쩌지 못했지만, 지금은 제 몸 정도 보호할 수 있는 생각은 있을 나이라 나와 남편은 큰 결단을 내리기로 했다.

"집 나가라. 이런 식으로 버릇없이 부모를 대하는 아이와는 한 집에 살 수가 없다. 스무살 될 때까지는 고시원비와 학교를 다닐 거면 차비는 대주겠지만, 나머지는 알아서 해야 할 거야."

아이는 못 나가겠다고 했다. 내보낼 거면 집을 얻어주든가 해야지 무슨 고시원이냐면서 자기가 그렇게 불편한 곳에서 어떻게 사느냐고 했다. 하아~ 이게 무슨 귀신 씻나락 까먹는 소리냐 정말!

어찌 됐건 우리는 그렇게 결정했고 내일 날 밝으면 짐 싸서 나가라고 했다. 아이는 마지막 발악으로 협박을 했다. 죽어버리겠다는 것이다. 상전 자리에서 내려오기는 죽어도 싫은 것이다. 귓등으로도 듣지 않는 척했다.

사실 얼마나 걱정이 됐는지 모른다. 요즘 아이들 얼마나 충동적인가. 엄마와 말다툼하다가 거실에서 바로 뛰어내린 아이도 있다는데…….

남편과 나는 방문에 귀를 대보기도 하면서 거실에서 숨죽이며 밤을 보냈다. 드디어 올 것 같지 않은 아침이 왔고, 아이는 학교에 군소리 없이 갔다. 그리고 조금 지나지 않아 문자가 왔다.

"내가 어떻게 하면 돼?"

이 사건을 계기로 아이는 한풀 꺾였다. 아이에게 휘둘리면 아이는 한계를 몰라서 힘들어진다. 자신이 어디까지 해도 되는지 경계선이 없기 때문에 자신도 모르게 폭주하고 만다.

사춘기를 겪는 덩치 큰 아들을 키우는 집에서는 이런 일이 많이 일어난다. 자기가 원하는 것을 들어주지 않으면 분노하는데 엄마가 물러서지 않고 같이 맞서다가 사단이 나는 것이다.

아빠도 힘으로 안 되는 경우가 있다. 이렇게 되면 아이는 화가 날 때마다 힘으로 해결하려고 한다. 이런 일을 막기 위해서는 처음부터 아이와 끝까지 대치하는 상황은 피해야 한다.

이제부터는 아이의 버릇을 다시 가르쳐야겠다고 결심했다. 뭐라고 해야 할지 잘 모르겠기에 실시간으로 전문가에게 물어보기도 했다.

지금까지 하던 행동이 하루아침에 바뀌지 않는 것은 너무나도 당연하다. 아이에게 뭐라고 할라치면 가슴이 두근거렸다. 내가 엄만데…….

그래도 하나씩 하나씩 바꿔 나갔다. 먼저 아이가 무언가를 요구할 때는 들어줄 것은 흔쾌히 들어주고, 들어주기 힘든 것은 딱 잘라서 이런 이유로 힘들겠다고 이야기했다. 다른 부가적인 이야기는 전혀 하지 않았다.

바로 거절하기 힘들 때는, 일단 무슨 말인지는 알겠고 아빠와 상의해 보겠다 하고 시간을 벌었다.

고마운 줄 모르고 당연하게 여기는 것들도 짚었다. 차로 자신을 데리러 오는 것을 아이는 너무 당연하게 생각했다. 조금만 늦어도 어디냐고 짜증 내고 말이다.

그럴 땐 "차로 데리러 와주는 건 고마운 거야. 그렇게 무례하게 이야기하면 앞으로는 알아서 와야 할 거야. 이 차는 엄마 아빠 것이고, 데리러 오고 가는 건 엄마 아빠가 결정해. 아프거나 무거운 짐이 있거나 어떤 사정이 있다면 몰라도 당연하게 여기는 건 곤란해"라고 못 박았다.

하나하나 짚기도 했지만 조금이라도 잘했을 때는 꼭 칭찬해 주었다. 아이는 사소한 것 하나도 칭찬받길 원했다. 말은 간단해도 그 시기에 무척 힘들었다.

예견되는 결과로 아이와 부딪칠 게 뻔한 일은 두려웠으나 피하지 않았다.

아이는 조금씩 감사 표현도 하고 방 정리, 밥 먹고 나면 식탁 닦기, 반찬통 뚜껑 닫아 냉장고에 넣기, 뭐 좀 가져다 달라고 하면 예전에는 싫어! 하며 바로 거절했는데 가져다주기(너무 당연한 것이지만 사춘기 이후 이런 행동조차 하지 않았었다) 등 자기가 해야 할 일을 하기 시작했다.

단호함?
어떻게 하는 건데?

아이에게 휘둘리지 않으려면 단호하게 해야 한다고 말한다. 대체 어떻게 해야 하는 걸까? 루디 로데, 모나 자비네 마이스의 책 『반항아 길들이기』는 이 단호함을 와닿게 설명한다.

아이들은 규칙을 위반한 행위의 정당성을 주장하기 위해 강하고 공격적으로 저항하는 경향이 있다. 그런 태도의 이면에는 부모가 두려움을 느껴 자신이 지키지 않은 규칙에 굴복하게 만들려는 목적이 숨어 있다. 갈등 상황에서 아이들은 엄마가 조금이라도 두려움을 드러내는지를 알아내려 할 것이다.

내적 폭발과 외적 폭발은 부모의 무력감을 그대로 드러낸다. 무력감이 아니라 자신감과 태연함을 보여줄 수 있어야 아이와의 싸움에서 주도권을 빼앗기지 않는다. 그러므로 갈등 상황이 진행

되는 동안 아이의 시선을 피하지 않도록 한다. 그것이 어렵다면 아이의 두 눈 사이를 바라본다.

내가 그 정도는 아니지…… 눈을 못 쳐다보겠어? 하겠지만 실제로 잘못을 지적하다가 말싸움에 휘말리는 경우, 갈 곳 잃고 이리저리 눈동자를 움직이게 되는 일이 허다하다. 나는 그랬다.

말은 시작했는데 무례한 말투로 성질을 건드리니 나중에는 내가 하고 싶은 말과는 상관없이 나의 권위를 지키기 위해 소리를 지르는 상황이 발생한다.

무슨 말을 하고 싶었던 건지, 무얼 가르치고 싶었던 건지 생각도 나질 않는다. 이럴 땐 어떻게 해야 하는 걸까?

자신감과 태연함을 가장해야 한다. 이 갈등 상태가 몇 시간 지속되더라도 엄마는 거뜬히 이겨낼 수 있다는 느낌이 들게끔 해야 한다. 그래야 '어? 이거 만만치 않은데? 그냥 끝내는 게 좋겠어' 하며 반항하는 시간을 줄인다는 것이다.

일단 한눈에 아이가 다 들어올 정도의 거리에 선다. 강한 인상을 심어주려면 존재감이 필요하다.

존재감은 아이와의 공간적인 거리에 따라 강해지기도 하고 약해지기도 한다. 단, 아이와 최소 거리는 1미터를 유지하는 것이 좋다. 아이가 갑자기 거칠게 나올 때를 대비하려면 말이다.

눈을 피하지 말아야 한다. 말투는 흥분하지 않고 낮은 목소리를 유지한다.

아이가 말도 안 되는 이야기나 무례한 말을 하더라도 직접 엄마에게 대고 하는 욕이 아니라면 못 들은 척 넘어가면서 계속 엄마가 하려는 말만 차분하게 반복한다. 마치 고장 난 레코드판처럼 말이다.

게임을 그만하라고 하는 상황을 가정한다면(약속한 시간이 되기 전에 이제 시간이 10분 남았으니 정리해야 한다고 미리 알려주었고, 몇 번 이야기를 했는데도 듣지 않는 상황) 아이가 무슨 말을 해도 "그만해라", "더 하고 싶은 마음은 알겠지만 그만해", "이제 그만!" 등과 같이 내가 할 말만 반복한다.

그래도 듣지 않는다면 "지금 계속 하겠다는 거지? 약속한 게 있을 텐데. 계속 할 거면 너와 이야기했던 것을 적용할 거야"라고 하거나, 미리 규칙 위반에 대한 제재 적용 이야기가 없었다면 "너한테는 두 가지 결정권이 있어. 지금 그만하는 것과 아빠와 상의한 후 결정된 사항을 네가 책임 지는 것이지. 그때 가서 부당하다고 하는 것은 용납 안 된다. 10분 뒤에 와서 확인할 거야" 하는 방법이 있다.

10분 뒤에 확인하겠다며 자리를 피해주는 일은 중요하다. 아이의 최소한의 체면을 살려주는 것이기 때문이다. 아이들은 자존심 때문에라도 그냥 제재 조치를 선택하는 경우가 있다.

아이와의 거리, 눈 피하지 않기, 차분하고 낮은 말투 모두 적당해야 한다. 꼭 지켜야 하거나 가르쳐야 할 것이 있다면 단호하게 가르치자.

단, 너무 많은 규칙을 지키게 하려고 하면 통하지 않는다. 정말 용납할 수 없는 것 한두 개 말고는 아이의 자율에 맡기는 것이 이 시기에는 필요하다.

사춘기에 접어들면서 공부를 안 하려는 아들에게 아버지가 "이 과정도 네가 삶을 살아갈 때 필요한 과정이니 하기 싫음 하지 않아도 돼. 하지만 사춘기라는 이유로 부모에게 날 선 태도는 받아주지 않을 거야"라고 말했다. 이것이 단호함이다.

모든 것을 부모 뜻대로 하라는 것이 아니고, 되는 것과 안 되는 것을 구분해 주는 것 그리고 자기 일은 자기가 책임지도록 하는 것!

속아주고 들어주고 견디며 기다리기

처음 사춘기가 시작되면서 아이는 나에게 거짓말을 하기 시작했다. 아이가 공부를 놓기 전 그래도 시험 기간이면 '공부'라는 것을 하는 척이라도 했을 때, 도서관 간다고 거짓말하고 노래방 가서 놀고 문제집은 대충 아무거나 채워서 써놓고 온 것이 딱 걸렸다.

이 버릇 초장에 안 잡으면 더 심해진다고 절대로 그냥 못 넘어간다면서 애를 잡았다. 그러나 결과는 나아지기는커녕 점점 더 심해져 아이는 결국 공부를 완전히 놓아버렸고, 시험 기간에도 책 한 번 들여다보지 않았다.

이 단계가 오면 '공부 안 해도 좋으니 학교만 졸업하면 좋겠다'로 마음이 바뀌어 간다.

아이가 말을 안 들으면 처음에는 권위적으로 아이를 혼내고 주입하려 든다. 그럴수록 아이는 방어적인 자세를 갖게 되고, 공격받으면 그 입장을 더 완강하게 고수하려 한다.

이때는 부모가 그동안 맺어왔던 아이와의 관계를 점검해야 한다. 아이에게 부모로서의 권위가 너무 없을 수도 있고, 그간 강압적으로 하던 것이 한참 자기주장이 강해진 아이에게 더는 먹히지 않을 수도 있다.

아이가 어릴 때 맺은 관계는 아이가 사춘기를 맞으면 그 모습이 고스란히 드러난다.

사춘기 이전부터 쌓인 부모와의 갈등이 폭발한 경우라면 아이에 대한 부모의 태도가 문제의 원인이지만, 부모는 정작 그 사실을 모르고 아이를 잡으려 한다. 그러면 아이는 영영 제자리로 돌아오지 않을 수도 있다.

이런 아이들은 부모를 무시하고, 부모가 한마디라도 하면 소리를 버럭 지른다. 학교생활도 거부하고 하루 종일 잠에 취해 있을 때도 있다. 이미 부모가 시도하는 대화로는 어떻게 해볼 수 없는 상태가 된 것이다.

나도 아이가 잘못을 해도 받아주려 노력했고, 부모에게 쌓인

게 얼마나 많으면 아이가 저렇게 분노를 표출할까 싶어서 이해하려고 애썼다.

하지만 이해하고 받아주는 것이 중요하다고 해도 잘못했다, 네 처분에 따르겠다는 태도는 나중에 감당하기 어렵다. 자기 멋대로 행동하고 부모를 종 부리듯 하대하기 때문이다. 담담하게, 그러면서도 진심으로 대하면서 기다려야 한다.

아이가 한참 친구들과 어울려 다니는 데 빠져 있을 때 여자아이다 보니 밤이 되면 너무 불안했다. 또 애가 친구네 집에서 자겠다고 하면 어쩌나 하고 말이다.

다른 것은 모르겠지만 집이 아닌 곳에서 자는 것만은 허락할 수 없었던 나는 아이와 자주 실랑이를 벌였다.

아이가 뻔히 보이는 거짓말을 하고, 시간이 늦도록 집에 돌아오지 않으면 경찰서에 연락해서 위치추적을 해서라도 기어코 가서 데려왔다. 어울리지 않았으면 하는 아이와 붙어 있으면 꼭 그런 일이 생겼다.

그럴 때마다 전화기를 꺼놓을 만도 하건만 아이는 그래도 전화기를 끄지는 않았다. 엄마가 영화 「미저리」의 주인공 같았겠지만 나는 그것이라도 해야 살 수 있을 것 같았다.

아이는 딱 한 번 전화기를 껐다. 그런데도 친구들에게 수소문하고 경찰서에 신고하고 마지막에 연락 왔다는 곳으로 가서 차로 여기저기 돌아다니면서 운 좋게도 아이를 찾아서 데려왔다.

지금 생각해 보면 어떻게 그러고 다녔는지 모르겠다. 아이는 자기가 어디에 있어도 어차피 찾을 것이라는 생각을 한 건지 점점 친구네 집에서 자겠다고 하는 횟수가 줄었고, 그 대신 친구들을 우리 집으로 데리고 와서 잤다.

아이가 안다는 동생의 엄마를 만났다. 아이가 속을 썩이니 동병상련이라 이야기를 나누고 싶었기 때문이다.

"아이가 안 들어오거나 새벽에 몰래 나가면 어떻게 해요?" 물었더니 "제가 어떻게 해보려고 여기저기 전화하고 수소문하고 그러니깐 더 안 좋은 일만 생기더라구요. 그래서 다음 날 출근도 해야 하니 기도하고 그냥 자요!"라고 하는데 너무 웃펐다. 그래, 방법이 없을 땐 그게 가장 좋은 거지……. 현명하다 싶은 생각이 들었다.

누구의 방법이 옳다고 말할 수는 없다. 할 수 있는 방법을 동원해 보고 안 되면 내려놓는 것밖에는 뾰족한 수가 없다.

아이를 억지로 데려왔건 내려놓고 기다렸건 간에 집에 들어왔을 때는 가르친다고 애를 붙들고 비난하거나 훈계하지 말아야 한다. 그러면 또 나가버리거나, 앞으로는 절대 걸리지 말아야겠다는 생각만 들게 한다.

상황-엄마의 감정-바람 등으로 간단하게 이야기하고 넘어가야 한다. "네가 핸드폰을 끄고 맘대로 행동하면 엄마가 걱정이 돼서 아무것도 할 수가 없어. 앞으로는 절대 핸드폰 끄지 마라"처럼 짚고만 넘어가는 것이 좋다.

아이의 안 좋은 습관을 고치려면 많은 시간이 필요하다. 한 번에 고쳐질 거라는 기대는 버리는 것이 좋다. 계속해서 부모가 바라는 바를 전달하고 기다려야 한다.

이 시기 아이들은 다른 아이의 집안 환경을 두고도 부모에게 화를 내고 원망한다.

엄마 아빠의 일방적인 잔소리에 넌더리가 난 아이에게 "성적 잘 받아오라는 말을 하는 것도 아니고 학교라도 빠지지 말아야지, 다른 애들은……"이라는 말이 얹히기라도 하면 아이는 다른 집의 더 나은 환경을 비교하며 부모의 속을 뒤집어놓는다.

"다른 애들은 이런 거 다 사! 근데 나만 이게 뭐야? 싸구려뿐이잖아"

아이의 불만은 부모에 대한 불만을 넘어 이런저런 비교로 넘어가고, 물질에 대한 열등감으로 이어진다. 사달라는 것도 많고, 집안 사정을 이야기해도 그건 남의 일이고 자신이 갖고 싶은 것이 제일 중요하다.

이렇게 끊이지 않는 요구를 해대는 통에 부모들은 지친다. 해줘도 만족은커녕 바로 다음 요구가 줄을 잇는다.

모두 다 들어줄 수도 없고, 아이가 계속해서 집요하게 들볶으니 마지못해 또 들어주고…… 언제까지 이렇게 해달라, 안 된다를 반복해야 하는지 참 힘들기만 하다.

학생이 뭐 그런 거를 사달라고 하냐, 얼마 전에도 사지 않았냐, 비슷한 것도 있으면서 매번 새 걸 사려고 하냐 같은 말들은 하지 말고 안 된다면 "안 돼"라는 말과 그 이유만 간단하게 말하고 뒤집어지든 어떻든 버텨야 한다.

일단 무슨 말인지 알겠다, 아빠랑 상의하고 이야기하자라며 아빠에게 넘겨도 좋다. 매번 들어줄 수는 없지만 가끔은 통 크게 흔쾌히 들어주는 일도 필요하다. 그것이 사랑이라고도 느끼는 시기이기 때문이다.

사춘기를 힘들게 지나다 보면 얻게 되는 것이 있다. 아이를 찾기 위해, 또는 아이의 문제를 해결하기 위해 가족이 뭉친다는 것이다.

때로는 알면서도 속고(모르는 척하고), 아이의 요구를 들어주고 견디며 기다리기…… 지금 필요한 것은 이것이다.

자신의 뒤에는 엄마 아빠가 있음을 상기시켜야 한다. 무슨 일이 있어도 자기를 지켜줄 사람(잘못을 덮어주는 것과 혼동하면 안 된다) 그리고 어떤 상황에서도 자신의 곁에 있을 사람이 부모라는 것을 알게 해야 한다.

셋

받아들여야 산다

엄마도 엄마가 처음이라 그래

모든 엄마들이 두 번째 엄마 역할은 그래도 잘한다. 하지만 첫 아이 때는 누구나 실수를 하고 후회도 많이 한다. 우리도 엄마가 처음인데 어찌 모든 것을 잘 알겠는가?

근데 잘하는 엄마들은 대체 뭐지? 사랑을 듬뿍 받고 자랐거나 뭐 타고난 건가?

아무튼 내 주위에도 다른 사람들 말에 휘둘리지 않고 자기 주관대로 아이를 잘 키우는 엄마들이 분명히 있다.

심지어 의사 선생님으로부터 "엄마 말투가 왜 그래요? 너무 그러면 아이가 제멋대로 커요"란 말을 들은 친구도 있었다. 너무 아이에게 맞춘다는 뜻이었을까? 그 친구의 말투가 원래 느리고 조곤조곤하다.

그러나 의사 선생님의 오지랖 넓은 충고가 무색하게 아이는 아주 반듯하게 잘 컸다. 그 친구는 아이의 기질에 맞춰주고, 누가 있을 때 혼낼 일이 생기면 불러서 침실에 데려가서 이야기했다.

뭔가 너무 아이 위주로만 생각하는 게 아닌가 싶을 때도 있었지만 신기하게 선을 넘지는 않았다.

누가 뭐라고 해도 흔들림 없이 자기의 주관대로 아이를 키우는 모습이 아주 보기 좋았고, 부럽기도 했다.

나는 사랑고파병이 있어서 나에게 자신이 없고 늘 뭔가 부족한 듯하며 마음이 허전하고 내가 하는 일에 확신이 없는 때가 많았다. 그래서인지 이렇게 주위에서 아이를 잘 키우고 있는 엄마들을 볼 때면 죄책감과 부러움이 밀려들었다.

우리 큰아이가 초등학교를 다니는 중간에 분양 받은 아파트로 이사를 했다. 기껏해야 1~2년 정도만 살고 다시 이사를 나올 거라 생각해 전학을 시키지 않았다.

원래 다니던 초등학교 근처에서 외할머니가 학원을 하고 계셔서 거기에서 돌봐 주시겠다고도 하고, 아이도 전학을 원치 않아서 잘됐다 생각했다. 마침 그때 둘째를 낳은 뒤이기도 해서 여러모로 그게 최선의 선택이라 여겼다.

아이는 아침에 아빠와 함께 일찍 나가서 학원에서 아침을 먹고 학교에 갔다. 그러면 할머니가 퇴근하실 때 아이를 집에 데려다주고 가셨다.

우리 엄마는 무척 권위적이고 목소리도 높고 크시다. 어릴 적 그렇게 무서웠던 엄마인데 엄마는 우리 아이에게도 변함없이 무서우셨다.

아이는 아침에 일찍 일어나야 했던 것, 할머니가 너무 무서워 공부할 때 힘들었던 것(안 그래도 소심한 성격인데 그때 주눅이 많이 들었다)을 아직까지도 이야기한다.

그때 아이는 나에게도 힘들다고 이야기를 했었다. 하지만 내가 할머니의 성격을 고칠 수도 없는 노릇인 데다 둘째를 데리고 학교까지 가기도 힘들었고, 경제적으로 엄마에게 도움을 받는 부분도 있어서 결국 아무것도 바꿔주지 못했다.

우리 엄마가 읽으면 아마 기함을 하실 것이다. 기껏 도와줬더니만 이제 와서 엄마 탓이냐고……. 할머니는 할머니 나름대로 손녀를 그리고 자신의 딸을 사랑한 것이다.

아이에게 많이 미안했다. 나 편한 것만 생각했던 이기적인 에미. 우리 부모도 나를 사랑했지만 나름대로의 사랑이라 나도 많이 외로웠고 애정이 모자랐다.

사랑받고 이해 받고 공감 받은 경험이 충분하지 않다 보니 나도 아이에게 그렇게 해주지 못했다. 지금도 알고 있지만 다른 부모보다 부족하다.

아이에게 이런저런 이유로 상처를 주거나 아픔을 준 엄마들은 자신을 책망하며 죄책감에 어쩔 줄을 모른다. 책에서 아이에게 사과해야 한다는 글을 읽고 나도 울면서 사과를 하기도 했었다.

아이가 힘겨워할 때마다, 문제가 반복될 때마다 부모는 후회와 자기 비난에 시달린다. 하지만 이런 죄책감은 오히려 아이를 잘못 대하게 만든다.

한번 이야기가 터져 나오면 아주 오랫동안 자주 그 이야기를 꺼낼 것이다. 사골 국물 우려먹듯이…….

어떤 때는 "이제 그만 좀 해라. 미안하다고도 했고 노력도 많이 했는데 더 어떻게 하라는 거야?"란 말이 나온다. 그럼 아이는 "엄마가 노력했다고 해도 내가 안 괜찮다는데 그럼 안 괜찮은 거지. 그런 식으로 말하면 어떡해?" 하고 반문한다.

아주 오랫동안 이야기하더라도 계속해서 "그땐 미안했어. 그때는 그게 최선이라고 생각했는데 너한테 상처가 됐다니 정말 미안하다"라고 이야기해 줘야 한다.

서둘러서 덮으려고 하면 아이도 금세 알아버린다. 그 정도 하고 넘어가려고? 내가 그동안 얼마나 힘들었는데…… 하면서 마음의 응어리가 다 풀릴 때까지 아이는 말하고 표현할 것이다.

단, 끌려다니며 비굴하게 사과하지 말고 담담하게 그렇지만 진심으로 사과해야 한다. 아이 또한 자신이 잘못했을 때도 그것을 빌미로 당당히 굴고 '엄마 탓이야'라는 변명으로 자기 잘못을 정당화하려는 경우가 있기 때문이다.

실수를 인정하고, 더 나아가 이를 통해 배울 수 있다면 자녀에게도 어떻게 실수에서 회복하고 가르침을 얻어 성장할 수 있는지 알려줄 수 있다.

우리가 해야 할 것은 죄책감에 시달리는 것이 아니라 자녀를 돕는 것이다.

변하려고 책도 읽고 유튜브도 찾아보고 상담도 가보는 당신들은 이미 좋은 부모다. 정말 문제 있는 부모들은 아무것도 알려고 하지 않는다.

아이들은 자신의 상처를 대물림하지 않을 것이고, 자신의 아이들도 사랑으로 잘 키울 것이다.

왜? 당신이 있으니까! 우리의 엄마가 해주지 못했던 이야기들을 당신은 해줄 수 있지 않은가.

너를 믿고 기다릴게

아이가 너무 힘들게 하면 내가 잘못이 있었다는 것을 알고 있다고 하더라도 '해도 너무하네! 이제 그만할 때도 되지 않았나? 더는 못 해먹겠다'는 생각이 들 때가 있다.

아이가 늦든지 말든지 집에 오든지 말든지 사고 치든지 말든지 학교를 가든지 말든지 혼자서 알아서 하라고 싶고, 그냥 포기해 버리고 싶다는 생각이 올라올 때 말이다.

그럴 때 마음가짐을 바꿔야 한다. 하든지 말든지는 '내가 기대하는 바대로 네가 하지 않았기 때문에 네가 잘못돼도 나는 모른다'는 생각이고, 그야말로 포기하는 것이다.

"네가 하는 행동이 옳지 않은 선택이라 속상하지만 그것은 네 선택이고, 좋지 않은 결과가 있더라도 그것은 네가 배우는 기회라고 생각한다. 엄마는 네가 위험하거나 미래에 걸림돌이 되는 선택을 하지 않길 간절히 바라. 너의 미래는 아직 오지 않았고 지금과는 얼마든지 다를 수 있으니까. 엄마는 너를 믿고 기다릴 거야"라고 손 편지를 써서 전해주자.

이렇게 마음먹으면 아이를 잡지 않고 내려놓는 것이 조금은 가능해진다. '조금은'이라고 한 것은 그것이 말처럼 쉽지 않다는 것을 너무나 잘 알기 때문이다.

지난 다음이니 그렇게 이야기한다고 생각하겠지만 지금에 와서 보니 내가 악을 쓰고, 이러다가 평생 아이가 잘못되는 것 아닐까 조바심 내고 했던 것이 결과적으로 아무 도움이 안 돼서 그렇게 말할 수 있는 것이다.

아이는 "엄마 때문에 학교를 더 그만두고 싶었다"라고 말한다. 나는 그렇게 마음대로 하는 것을 두고 볼 수가 없었고, 혼내지 않고 너무 쉽게 하고 싶은 대로 놔두다가는 성인이 돼서도 조금만 힘들면 이렇게 책임감 없이 행동할 것이라고 생각했다. 그래서 결석하거나 조퇴할 때마다 아이와 힘든 대치 상황을 만들었다.

다행히 내가 미리 했던 걱정은 들어맞지 않았다. 아이는 고3 때 위탁 교육(자기가 배우고 싶은 것을 지정된 기관에서 배울 수 있고 그곳의

출결, 시험 성적이 원적교原籍校에 반영되며 졸업도 원적교로 된다)을 받기로 결정한 후 기관에 다니면서 깨우지 않아도 스스로 일어나서 샤워까지 마치고 갔다.

실습을 할 때도 마찬가지였다. 물론 교통이 편한 곳이 아니어서 데려다줘야 하긴 했지만 하는 일이라곤 청소 뒤치다꺼리나 하는 정도에 혼자 밥 먹고, 잘못 알아들어 혼나기도 하고, 인사도 잘 안 받아주는 힘든 여건임에도 불구하고 잘 버텼다.

아이는 학교 다닐 때는 목표가 없어서 그랬지만 여기에서는 목표가 있으니 당연히 알아서 하는 것 아니냐고 했다. 공부도 안 하고 매일 자면서 7교시까지 버티는 게 그리 쉬운 줄 아느냐는 것이다.

하지만 공부도 포기해 주었고, 그저 학교에 가서 잠이라도 자라는 것이 부모로서 큰 것을 바란 것은 아니지 않냐는 것이 나의 항변이었다.

대부분의 청소년들은 성숙을 향해 가는 과정에서 때로는 문제 행동을 오래 끌기도 한다. 이는 부모들에게 엄청난 고통을 준다. 그러나 아픔을 통해 커나가는 것이니 용서하고 잊으라고 말해주고 싶다.

아이가 태어난 순간부터 맺어지는 부모 자식 관계는 끊고 싶다고 끊을 수 있는 것이 아니다. 자녀의 행동에 따라 관계가 좋아졌다 나빠졌다 하지 않도록 하자.

부모가 화를 내지 않으면 아이가 바뀌지 않는다고 믿는 경우가 있는데 이는 잘못된 믿음이다.

분노의 반응을 보이지 말자. 분노의 감정 밑에는 다른 감정들이 있다. 걱정일 수도 있고 원망일 수도 있고 내 기대에 부응하지 못하는 아이에 대한 미움일 수도 있다.

자녀가 심각한 문제를 안고 있거나, 거의 모든 상황에서 심하게 공격적인 반응을 보여 부모조차 감당할 수 없다면 전문가의 도움이 꼭 필요하다. 자녀가 문제를 일으키는 것들을 적어보고 이 문제를 해결할 수 있는지 생각해 보자.

아이가 스스로 하지 않으면 부모 힘으로는 어쩔 수 없는 문제는 아이에게 맡기고, 아이와의 관계라도 챙기자. 아이의 문제를 해결해 줄 책임이나 능력이 내게 없다는 것을 인정하자.

아이가 선택한 길이 험난하더라도 가족의 사랑으로 성장할 것을 믿고 시간의 힘에 기대야 한다. 이 시대의 성공한 사람들 중에도 청소년기에 심각한 문제 행동을 했었노라 고백하는 것을 들을 수 있다. 조금이나마 위안이 되지 않는가?

엄마는 엄마의 건강을 챙기며 엄마의 자리를 지켜야 한다. 내가 살아야 자식도 산다는 것을 명심했으면 좋겠다.

하루하루가 살얼음판 같고 힘들겠지만 부모가 바뀌면 아이도 바뀔 수 있다고 믿고 조금씩 할 수 있는 것을 하자. 그러다 보면 아이가 부모의 마음을 조금씩 알아주는 날이 올 것이다.

힘을 내자!!

아직 기회가 있다,
사춘기가 지나지 않았으니까

사춘기는 아이를 변화시킬 수 있는 마지막 기회다. 사춘기에 반항이 심하다면 무언가 상처가 있다는 것이라고 이야기했다. 아니면 지나치게 허용적으로 키워서이거나.

이때를 서로가 성장할 기회로 삼은 사람과 그저 시간이 지나서 성인이 돼버린 사람은 서로 다른 삶을 살아간다.

사춘기에 부모가 자신이 무엇을 바꿔야 할지 열심히 찾고 변하려 애쓰며 사랑으로 기다려준 아이는 사춘기가 지나고 나면 자신의 삶을 열심히 살아간다.

하지만 그저 시간이 흘러 어른이 돼버린 아이는 시행착오를 반복한다. 인간관계며 결혼 생활이며 모든 것이 그저 자기중심적으로 말이다.

치유되지 않은 상처의 독기를 가장 가까운 배우자와 자식에게 뿜어내면서 '어른아이'로 살아간다. 그러다가 자신의 아이가 사춘기를 맞이하면 그제야 뭔가 잘못됐음을 알게 되는 악순환의 반복.

아이가 사춘기라는 것은 우리에게 아직 기회가 있다는 뜻이다. 온몸으로 자신이 행복하지 않다고 표현하는 아이들에게 관심을 더 기울여 보자.

어떤 외로움이 있는지, 학교에서 말하기 힘든 상처를 받았지만 엄마에게 이야기해서 공감을 얻을 수도 없고 그것이 쌓여서 우울감이 되고 그러다가 학교를 거부하게 된 것은 아닌지, 무엇 때문에 힘든지, 부모의 사랑을 갈구하는 것은 아닌지…….

지나치게 허용적(과잉 사랑)으로 키운 아이들이 대체 왜 분노를 터뜨리는지 의아해할지 모른다. 사랑은 많이 주면 줄수록 좋은 것 아닌가?

과잉 사랑을 받은 아이들은 대부분 자신이 할 일을 부모가 대신 해준다.

어릴 적부터 선택의 기회가 너무나 많다. 때로는 부모가 시키는 것을 그냥 따르는 경험도 필요한데 어린아이에게 무엇을 먹을 것인지부터 어디를 갈 것인지까지 모든 선택권을 준다.

그래서 아이는 부모가 먹고 싶은 것을 먹자고 하면 왜 그래야 하는지 납득하지 못한다.

중학생만 되어도 외식 한 번 할라치면 가족 모두의 의견을 맞추기가 하늘의 별 따기만큼 어렵고, 부모가 시켜준 음식인데도 먹어보라는 소리조차 없다.

어느 아버지의 하소연이다. 이 아버지는 어릴 적 자신의 아버지로부터 사랑받고 크지 못해서 자신의 아이에게만은 아버지의 사랑을 듬뿍 느끼게 해주고 싶었다.

사업을 하던 이 아버지는 아이가 태어나자 회사도 잘 나가지 않고 함께 육아에 참여했다. 아이가 놀이터에서 놀다가 다른 아이의 장난감을 쳐다만 보아도 그 장난감을 아이 앞에 종류별로 대령하였고, 아이가 원하는 것이라면 무엇이든 사다 주었다.

그러다가 아이가 중학교에 들어갈 무렵 아버지는 사업이 어려워졌고, 살던 곳보다 작은 집으로 이사를 해야만 했다. 아이는 가지고 싶은 것이 있어도 사지 못하게 되자 물건을 집어 던지고 욕을 하며 빨리 돈을 더 벌어오라고 부모에게 막말을 퍼부었다.

아버지는 망연자실했다. 사랑받고 큰 아이가 왜 이렇게 된 것인지 모르겠다고 말이다.

만족 지연 능력(더 큰 만족을 위해 즉각적인 즐거움이나 보상 등을 억제하고 통제하는 능력)이 부족한 아이로 자란 것이다. 어릴 적부터 가지고 싶은 것이 있을 때 기다렸다가 가져본 경험이 없는 대다수의 아이들은 사고 싶은 것이 있으면 기다리거나 포기하지 못해 분노를 터뜨린다.

이런 아이들은 오히려 다루기가 쉽다. 단호하면 된다. 자기가 불편하거나 힘든 것은 조금도 견디지 못하기 때문에 고생을 시키면 되는 것이다.

안 사주면 집을 나가겠다고 할 때는 그럼 그건 경제적으로도 독립이라 생각하겠다, 그리고 엄마 아빠가 나가라고 한 것도 아니고 네가 결정한 것이니 그렇게 하고 싶으면 그렇게 하라, 학교도 안 가겠다면 학생의 신분이 아니니 네가 필요한 것은 스스로 벌어서 쓰도록 하라고 강하게 나간다. 그러면 아이는 얼마 지나지 않아 지레 포기한다.

사춘기에는 뇌의 전두엽이 대대적인 공사를 해서 대부분의 아이들이 자기중심적이고 미래를 내다보지 못한 채 행동한다. 그 때문에 사고도 치고 부모에게 상처도 주는 것이라는 사실은 이제 웬만한 부모들은 다 안다. 그래서 이해도 하는 것이고, 심하지 않은 반항이나 일탈은 눈감아 주기도 하는 것이다.

일반적인 아이들은 이렇게 한두 번씩 부모의 속을 뒤집으며 사춘기를 보낸다. 집 밖에서의 탐색을 통해 내가 무엇을 좋아하는지, 내가 잘하는 것은 무엇이고 못하는 것은 무엇인지, 내가 좋아하는 사람의 스타일은 어떤지 자신의 생각과 기준을 찾으며 정체성을 형성한다.

그보다는 더 힘들게 사춘기를 보내는 우리 아이들이지만 희망을 버리지 말자. 아직 사춘기가 지나지 않았으니까!

아이를 바로잡으려는 마음을 갖고 있으면 절대로 이 시기를 제정신으로 넘길 수 없다. 아이 말고 우리를 점검하는 것이다. 내 자식을 바꾸느니 내가 바뀌는 게 훨씬 편하고 가능성도 있으니까.

아이와 웃을 일이 없더라도 하루에 한 번은 꼭 웃는 시간을 갖자. 아기 때 사진을 보며 이야기해도 좋고, 아이가 좋아하는 음식을 시켜서 같이 먹는 것도 좋고, 어떻게든 아이를 웃게 만들어야 한다.

이때다 하고 잘못했던 이야기를 한다거나, 요즘 왜 그러는지 이야기하려고 한다면 도루묵이 된다. 그냥 요즘 아이가 관심 있을 만한 가벼운 이야기를 나눠야 한다.

제발 가르치려 하지 말고 그냥 웃자.

어느 며느리가 시어머니 때문에 도저히 견딜 수가 없어 점집을 찾았다.

점쟁이는 "좋은 방법이 있어. 내가 하라는 대로만 하면 시어머니가 죽을 거야"라고 했다. 그 방법이란 100일 동안 시어머니가 좋아하는 음식을 해드리는 거란다.

며느리는 집으로 돌아가서 매일 시어머니가 좋아하는 음식을 해드렸다. 처음에는 얘가 왜 이래? 이런 눈빛으로 쳐다보던 시어머니가 몇 주가 지나자 동네 사람들에게 며느리 자랑을 하기 시작했다.

시간이 지나 100일이 가까워오자 며느리는 걱정이 됐다. 그래서 점집에 찾아가 시어머니가 돌아가시지 않게 해달라고 했다. 점쟁이는 "나쁜 시어머니는 죽었지?"라며 웃었다.

인간이 느낄 수 있는 행복에는 친구와 즐거운 시간을 보내거나 맛있는 음식을 먹으면서 갖게 되는 그냥 좋은 기분의 행복, 기분과는 크게 상관없지만 무언가 의미 있는 일을 함으로써 얻는 가치를 바탕으로 한 행복의 두 가지 형태가 있다고 한다.

우리는 첫 번째의 그냥 행복감을 느끼게 해주자는 것이다. 두 번째의 행복을 느낄 수 있는 성인으로 키우기 위해서 말이다.

미운 마음이 든다고, 도저히 맛있는 것 해줄 생각이 들지 않는다고 자책하지 말자. 자식이 미운 것은 기대하는 것이 있고 잘되기를 바라기 때문이다. 지극히 사랑하기에 때로는 밉다.

하지만 진정한 사랑은 멈추지 않는다. 그렇게 미운 자녀를 위해 오늘도 몸과 마음을 다해 그들을 돌보고 있는 부모들이야말로 진정 위대하다.

필요한 만큼 도움받기

아이가 사춘기 반항이 심하고 일탈까지 하면 부모는 너무 힘들다. 거기다 '어떻게 키웠길래 애가 저 모양이냐'는 따가운 시선, 문제아 뒤에는 문제 부모가 있다는 주홍 글씨까지 새겨진다.

그렇지만 자식 문제에 있어서 남 욕할 것 못 된다. 자신의 자녀도 언제 어떻게 변할지 모르기 때문이다. '우리 애는 내가 키우지도 않고 부부가 매일 싸웠는데도 멀쩡하게 잘 컸는데 저러는 거 보면 더 큰 문제가 있을 거야'라고 생각하면 안 된다.

아이가 회복 탄력성이 매우 좋거나 스트레스를 나눌 상대가 있어 가능했던 것일 수도 있고, 문제를 일으키지는 않았지만 나중에 관계를 맺을 때 문제가 생길 수도 있다. 아이에게 감사해야 하는 것이지 다른 사람을 욕할 것은 아니다.

우리는 이러한 이유로 어디에다가 터놓고 이야기조차 하지 못한다. 사춘기 맘카페에 가입하는 사람들을 보면 하나같이 이런 카페가 있어서 너무 다행이라고, 감사하다고 말한다.

같은 일을 겪고 있는 사람들이 모인 곳 그리고 익명성…… 나만 이런 일을 겪는 것이 아니라는 안도감과 더불어 공감, 위로가 부모에게도 필요하다.

여러 사람과 함께 사랑과 지지를 나누고 표현함으로써 서로 간에 교감이 커지면, 자부심과 정체성 또한 강화된다. 타인과의 교감이 트라우마에 대처하고 다시 일어설 수 있는 능력을 높여주며, 의지할 수 있는 인간관계가 멘털(mental)을 강화해 준다.

소중한 사람들과 변함없는 관계를 유지하는 것은 회복 탄력성을 키우고 문제에 맞설 수 있도록 안정적인 근간을 제공한다.

내 이야기를 진심으로 들어주는 이조차 없다면 우리가 발휘할 수 있는 멘털에는 한계가 생긴다.

아이 때문에 힘들더라도 사람들과의 관계를 피하지 말아야 한다. 나 또한 그때 사람들 만나기가 싫었고, 십여 년 동안 조금씩이라도 놓지 않고 있던 운동도 그 뒤로 하지 않았기에 백번 이해하지만 모든 관계와 활동을 끊고 아이 문제에만 매달리는 것은 위험하다.

아이가 속을 너무 썩여서 운동을 시작했고, 힘들 때마다 미친 듯 '득근(得筋)'해서 40대에 대회에 나간 엄마도 있다고 들었다.

제일 힘들었던 때 나는 일을 하고 있었다. 마음은 썩어들어 가는데 얼굴은 웃고 있어야 했으니 내가 한심하게 느껴지기도 하고, 아이들 가르치는 일을 하면서 내 자식은 제대로 키우지 못했다는 자괴감에 하루하루가 괴롭기 이루 말할 수 없었다. 일을 그만둬야 할 것 같았지만 내 맘대로 정리할 수 있는 상황도 아니었다.

아이의 사춘기가 심해지면서 내가 아이에게 신경을 못 써서 그런가, 지금이라도 일을 그만둬야 하나 고민하는 엄마들이 많을 줄로 안다. 하지만 아이가 관심을 필요로 할 때는 이미 지났다. 그만두려면 더 어렸을 때, 관심이 필요했을 그때 했어야 한다.

지금 와서 생각해 보니 일을 하고 있어서 버틸 수 있었던 것 같다. 집에서 하루 종일 아이 문제만 생각하고 있었다면 우울증에 걸렸을 것이다. 오히려 아이의 사춘기가 시작되면 엄마들에게 무언가에 몰입하거나 새로운 무언가를 시작하라고 말한다.

만약 아이의 문제 행동이 반복적으로 나타나고, 부모가 도저히 감당할 수 없다면 전문가와의 상담을 주저하지 말아야 한다.

병원에 가는 것이 나중에 아이에게 피해가 될까 봐 꺼리는 분들이 많은데, 지금은 코드가 나뉘어 있어서 상담만 하는 것은 문제가 되지 않는다.

약물치료가 필요하다면 꼭 해야 한다. 지금 놓치고 나면 나중에 정말 감당할 수 없는 지경이 될 수 있다.

아이가 계속해서 사고를 쳐서 소년 보호소에 송치될 상황인데, 인터넷 사기에 관련된 것 같다며 집에서 물건을 부수고 욕을 하고 그러고도 아무렇지 않게 누워서 텔레비전을 보고 있다는 글을 읽었다. 부모는 발에 땀이 나도록 사건을 수습하러 다니고 있었다.

얼마나 힘이 들겠는가……. 하지만 아이의 잘못을 최소화하고 덮어주려고 노력하는 것보다 전문가에게 도움을 청하고, 아이가 처음 심각한 문제를 일으켰을 때 아이에게 경각심을 일으킬 수 있도록 처벌을 달게 받게 해야 한다.

부모가 책임져야 할 부분과 아이가 책임져야 할 부분을 구분해서 아이가 더는 그런 일에 빠지지 않게 해야 한다.

친구, 전문가, 선생님, 친척, 종교단체 등의 도움이 필요하다면 창피해하지 말고 도움을 요청해야 한다. 그들의 경험과 지식은 아이와 부모를 돌보는 일에 큰 도움이 된다.

주변의 건강한 공동체를 적극 이용하는 것도 방법이다. 그들은 혼자서는 할 수 없는 실제적인 위로와 도움을 제공해 줄 것이다.

상처를 주는 사람도 있지만, 상처를 감싸는 좋은 사람들도 있음을 경험하게 될 것이다. 도움을 청하고 도움을 받을 때 그만큼 치유의 힘은 배(倍)가 된다.

처음 아이가 반항하고 소리 지르며 차라리 집을 나가겠다고 비키라고 했을 때, 아이를 가로막고 "밤새도록 이렇게 있을 거니까 포기하고 들어가서 자든지 아니면 계속 나랑 이러고 있어" 하며 거실에서 대치했었다.

아이가 포기하고 방으로 들어가니 다리가 후들거려 주저앉았다. 뜬눈으로 시간을 보내고 새벽 5시에 교회 전도사님에게 문자를 보내 목사님을 만나게 해달라고 했다.

전도사님은 새벽 예배 끝나고 말씀드리겠다며 나오라 하였고, 내가 옆에 앉아서 하염없이 울자 같이 눈물을 흘리셨다.

그 생각을 하면 아직도 눈물이 나고 감사하다. 내 마음을 부모로서 공감해서 그랬을 것이라 생각한다.

그 후 작은아이의 행사로 교회 일을 돕고 있을 때 처음 본 집사님과 이야기를 나누게 되었는데, 요즘 아이들 키우기 너무 힘들다는 이야기를 하다가 나에게 자신의 아들 이야기를 해주셨다.

아들이 학교를 자퇴하고 한참 동안을 아무것도 안 하더니 검정고시를 준비하면서 자신에게 도와달라고 하더란 이야기, 그리고 친척이나 시댁에서는 아무도 모른다는 이야기, 지금은 검정고시에 합격해서 바리스타 자격증을 따려고 한다는 이야기였다.

이런 이야기를 나눌 수 있다니 나는 딸에 대해 자세히 이야기하지도 않았는데……. 어쩐지 위로가 되고 나도 이야기를 할 수 있겠다는 생각이 들었다. 그래서 구역 모임 때 아이에 관한 이야기를 털어놓고 많이 울고 위로 받았다.

내가 아이에 대한 이야기를 털어놓았을 때 "그래도 집을 나갈까 봐 걱정인 거지 나가지는 않았잖아요. 우리 조카는 집도 나갔었어요. 그래도 정신 차리고 지금은 대학 가서 잘 살아요" 이 말이 너무나 위안이 됐었다.

지금 힘들어하는 부모님들도 어디에라도 속 시원하게 털어놓고 위로 받고 힘을 내었으면 좋겠다.

책이나 글을 읽고 노력하는 것도 중요하지만, 나의 이야기도 누군가에게 털어놓아야 한다. 그러다 보면 내가 생각하지 못한 점들을 깨닫기도 하고, 뜻밖에 해답을 얻기도 하는 행운을 누릴 수 있다.

멀리
보내버리고 싶은가?

문제 양상의 심화 단계를 '문제→정서 불안→열등감→반응 행동→반사회적 행동'으로 도식화한 일본의 교육학자 쇼치 사부로는 이런 여러 단계를 거치는 동안 아이들을 어떠한 변화도 없이 그냥 두면 반사회적 행동으로까지 나아갈 수 있다고 했다.

특히 이런 아이들은 사춘기가 되면서 부모보다 친구들의 인정이나 자신과 비슷한 감정을 느끼는 아이를 찾기 때문에 자칫 잘못해서 불량스러운 친구들과 관계를 맺으면 쉽게 범죄를 저지를 수도 있다.

문제 행동을 반복적으로 보이거나 공부를 안 하는 아이를 참기가 힘든 부모들은 아이가 유학을 가거나 기숙사가 있는 학교로 가면 나아질 수도 있을 것이라 믿고 싶어 하는 경우가 있다.

나도 아이가 이러다가 집을 나갈까, 더 잘못될까 겁이 나서 기숙사가 있는 대안학교라도 보내볼까 하는 생각을 했었다. 멀리 있는 학교에 가면 나쁜 친구들도 만나지 못할 것이고, 마음대로 나오지도 못할 테니 더 낫지 않을까 하는 생각 말이다.

하지만 이는 위험한 생각이다. 아이도 내가 보기 싫어서 보내는구나 직감한다. 성인들도 외국에 가서 철저히 혼자 생활하고 공부한다는 것이 쉽지 않은데, 사춘기 아이 게다가 부모와의 관계에서 문제를 겪은 아이라면 유혹에 빠지거나 문제를 더 키워서 돌아올 수가 있다.

문제를 일으켜 외국으로 보내졌던 연예인의 자녀도 결국 돌아와서 더 큰 사고를 치거나, 그곳에서 마약에 손을 대는 등 심각한 문제 행동을 보였다는 이야기를 들어보았을 것이다.

아이와의 문제를 해결하기보다 회피해 버리면 언젠가 또다시 그 문제를 마주해야 할 날이 온다. 성인이 된 뒤에 그 문제가 다시 갈등을 일으키면 훨씬 더 감당하기 어렵고, 아이의 인생을 망치는 참담한 결과를 낳을 수 있다.

아무리 보기 힘들어도 아이는 내 품에서 지켜야 한다. 나도 회피하고자 했지만 부모가 아니면 아무도 아이를 감당할 수 없다.

엄마가 단단해야 아이를 붙잡을 수 있다

아이가 일탈과 반항을 할 경우 부모들은 그때부터 정신을 차릴 수가 없다. 어디 가서 사고라도 치지 않을까 늘 노심초사하게 된다.

이럴 때 아이에게 맞춰야 할 것이 있고, 부모로서 담담하게 짚어야 할 부분이 있다. 아이가 부모에게 욕을 한다거나 물건을 부순다거나 하는 행동은 단호하게 짚어야 한다.

"존경까지는 바라지도 않는다. 하지만 존중은 해야 하지 않겠냐. 부모도 인격이 있으니 서로 존중하자. 네가 화가 나는 부분이 있고 부모에게 맺힌 것이 있더라도 우리도 노력하고 있으니 너도 최소한의 예의는 지켜야 한다"고 아이가 이해할 수 있도록 반복해서 이야기해 주어야 한다. 혼을 내고 제재를 가하는 것은 통하지 않을 테니 말이다.

남에게 신체적으로나 정신적으로 피해를 주는 문제를 일으켰을 때 처벌 받을 것은 처벌 받게 해야 한다. 성인처럼 평생 따라다니는 꼬리표가 아니니 부모들은 가슴이 아프더라도 그렇게 해야 한다. 축소하고 은폐하려고 하다가는 더 큰 문제에 직면할 수 있다.

2017년 뉴스에 났던 사건이다. 한 달 전 가출한 아들이 인터넷 물품 사기를 저지르려고 은행에서 자신의 명의를 도용해 계좌를 만들려던 사실을 은행 측 통보로 알게 된 어머니가 법원에 '소년보호재판 통고제'를 신청하면서 재판이 열렸다.

소년보호재판 통고제란 비행 학생을 경찰이나 검찰 조사 없이 곧바로 법원에 알려 재판을 받도록 하는 제도로 전과자라는 낙인을 방지할 수 있다.

아이의 가출은 교통사고로 아버지가 숨지고 10년 이상 자신을 홀로 키우던 엄마가 재혼한 뒤에 발생했다.

새아버지의 보살핌에도 사춘기에 접어든 아이는 친아버지가 없는 상실감에 힘들어했고, 결국 갈등을 겪다가 가출해 비행 직전에 재판을 받게 된 것이다.

이 아이의 엄마는 아들의 비행을 눈감아 줄 수 있었지만 아들이 더는 비뚤어지지 않기를 바라며 통고제를 신청했다.

잠시 소년분류심사원에서 생활한 아이는 이날 법정에서 가출 이후 한 달여 만에 처음으로 엄마와 세 살짜리 의붓 여동생을 만났다.

판사는 재판을 하는 대신 아이에게 엄마를 보며 "엄마 사랑합니다"를 열 번 외치게 했다. 그리고 아이에 이어 엄마에게도 "○○야 사랑한다!"를 열 번 외치게 했다.

엄마가 울면서 이 말을 외치자 품속에 안겨 있던 세 살짜리 딸이 연신 엄마의 눈에 흐르는 눈물을 닦아주며 "엄마, 울지 마"라고 위로했다.

판사의 허가로 일가족 세 명이 얼싸안고 울자 법정 안은 눈물바다가 됐다.

여동생이 법정에서 오빠를 보자 반가운 마음에 쪼르르 달려와 안기는 것을 보고 재판을 이끈 천종호 부장판사는 "엄숙한 법정에서 천진난만한 아이의 행동에 갑자기 마음이 울컥했다"며 관계에 문제를 겪는 가족에게 평소 잘 표현하지 않는 사랑의 감정을 드러내도록 하면 의외로 갈등이 쉽게 해소되는 경우가 많아 모자에게도 그런 기회를 주고 싶었다고 말했다고 한다.

엄마의 결단이 이만큼 중요하다. 학교에서도 필요한 경우 통고제를 신청할 때가 있는데, 받아들이는 부모보다 반발하는 부모가 더 많다고 한다. 별일 아닌 일로 아이에게 너무하는 것 아니냐는 것이다.

설사 그것이 부모가 보기에 지나치다고 느껴지더라도 아이가 누명을 쓴 게 아니라면 아이를 위해 받아들여야 한다.

부모가 단단하게 중심을 잡고 이 시기를 넘겨야 한다. 모든 것을 다 허용하며 받아들일 수는 없다. 학교를 가지 않는 문제라면 이것은 남에게 피해를 주는 일이 아니니 가족이 판단할 수 있다.

아이가 심적으로 상처 받거나 우울증이 심할 경우 앞뒤 볼 것 없이 아이를 위하는 결정을 내려야 한다.

학교에서 왕따를 당해 받은 상처로 심한 우울증이 와서 몇 번이나 자살을 시도하려는 아이를 엄마가 보듬고 치료받게 하고, 학교에 가고 싶지 않다고 하면 보내지 않으면서 함께 시간을 보낸 결과 아이가 다시 친구도 사귀고 학교에 나갔다는 사례도 들었다.

아이가 이처럼 힘겨운 시간을 보낼 때 엄마의 마음은 또 얼마나 힘들었을까? 이런 상황이라면 학교가 문제가 아닐 것이다.

아이가 학교를 그만둔다는 것이 세상 끝나는 것처럼 느껴진다는 것을 너무나 잘 안다. 우리 부부도 그랬으니까.

남편은 진짜로 아이가 학교를 그만두었다면 자신도 어떻게 됐을지 모르겠다는 말을 한다.

그 당시 남편 또한 여러 가지로 어려운 상황에 있었기 때문에 자식까지 남들 다 다니는 학교를 그만두면 자기는 무슨 힘으로 살아가느냐는 생각을 했었던 것이다.

하지만 그런 상황이라고 마냥 아이에게 휘둘리며 눈치 보고 참다 참다 화내는 일을 반복할 수는 없다. 결국 학교를 가는 것은 아이 자신이기 때문이다.

얼마 전에 아이에게 물어보았다.

"애들이 너처럼 학교를 안 가려고 하면 어떻게 하는 게 좋을 것 같아?"

"보내지 말아야지. 엄마처럼 난리 피우지 말고!"

"그러다가 수업일수 모자라서 짤리면?"

"수업일수가 모자랄 것 같으면 나가겠지!!"

정말 그만둘 생각이 없다면 수업일수가 모자랄 때까지 빠지지는 않는다는 것이 확인되었다.

부모가 아무리 원해도 아이가 다닐 생각이 없다면 절대 가지 않을 것이고, 그것으로 인해 자꾸만 부딪친다면 가출을 감행하거나 정말 자퇴를 해버릴 수도 있다.

그러니 남에게 피해를 주지 않는 우리 아이만의 문제라면 아이와 이야기를 해야 한다. 왜 안 가고 싶은지, 안 가면 무엇을 하고 싶은 것인지, 아무것도 안 하고 싶다면 학교를 그만두고 무얼 하며 시간을 보낼 것인지를 미리 이야기하는 시간이 필요하다.

특별히 문제가 있어서 그런 것이 아니라 게으름 때문이라면, 학생이 아니면 사회인이니 자신의 용돈은 스스로 벌어 쓰게 이야기를 해두어야 함은 물론이다.

최근 이름이 널리 알려진 모델 한현민 군도 질풍노도의 중학생 시절을 보냈다. 그는 2017년 미국 〈타임〉지에서 뽑은 '세계에서 가장 영향력 있는 10대' 중 30인에 선정되었는데, 아버지는 나이지리아인이고 어머니는 한국인이라고 한다.

모델로 데뷔하기 전까지 그는 놀림을 받는 것이 일상인 학생이었다. 성적은 늘 바닥이었고, 아이들에게 매일 '흑형'이라 비웃음을 받으며 힘들어했다고 한다.

그러다가 중학생 시절, 그는 갑자기 뭔가 알 수 없는 분노가 끓어올라 가출을 했다.

큰아들이 집을 나갔으니 부모의 속은 어땠을까? 하지만 그의 어머니는 그를 찾지 않았다고 한다. 그는 엄마가 자기를 찾지 않아 더 불안한 마음이었다며 다시 집으로 들어와 그 뒤로 다시는 가출을 하지 않았다고 한다.

어머니는 피부색이 검다는 이유만으로 놀림을 당하는 아들을 보며 미안함과 자책감에 피눈물을 흘렸다.

하지만 이 일을 봐주면 계속 같은 일이 발생할 것이라는 생각에 속마음을 숨기고 아들의 비행에 단호하게 대처했다고 한다. 그러면서 돌아온 아들에게 "넌 특별한 존재"라며 자신감을 불어넣어 주었고, 아들의 자존감을 높여주었다.

이러한 어머니의 노력 덕분에 그는 외모 콤플렉스를 극복하고, 대한민국 최고의 모델로 우뚝 서게 되었다고 한다.

_「나는 한국인 모델, 한현민입니다」(중앙일보, 2017. 6. 29, 기사 정리)

집을 나간 아이를 무턱대고 찾지 말라는 것이 아니다. 아이가 어디에 있는지 정도는 파악을 해야 한다.

정말 부모에게 변화의 기미가 안 보일 경우 평생 연을 끊고 집을 나가 생활하는 아이들도 있다. 아이의 현재 상태를 잘 알아보고, 위험한 상황이라면 어떻게든 개입해서 데려와야 한다.

아이의 이야기를 듣고, 수용해 줘야 할 것은 서로 협의하여 받아들이는 것도 필요하다.

하지만 자신의 부당한 요구를 관철하기 위해 시위하는 것이라면 그리고 아이가 어디에 있는지 확인할 수 있다면 모르는 척 기다릴 줄도 알아야 한다.

아이의 행동이 반복되지 않도록 하는 것이 가장 중요하다.

사춘기는 지나간다

큰아이는 중2 말경 사춘기가 시작되었고, 고1이 되자 눈빛에서 살기는 잦아들었으며 고2 초에는 완전히 눈빛이 돌아왔다. 그동안 해왔던 말투는 그대로 남아 있어도 생각이 많이 자란 것을 알 수 있었다.

"내가 왜 그랬는지 몰라. 가오 잡는다고 다니는 애들 보면 내가 다 창피하다니까"라는 말을 하는 걸 보며 사춘기가 지나갔음을 느낄 수 있었다.

이때가 오면 아이의 원래 성격이 나타나고 충동적으로 행동하는 일이 많이 줄어든다. 그래서 아이의 잘못된 습관과 안 좋은 버릇을 이때 고쳐야겠다 마음먹을 수 있었다.

사춘기는 지나갔지만 아이가 상전 노릇을 해온 까닭에 자기 기분에 따라 버릇없이 행동하는 것을 보면서 부모들은 '아직도 사춘기인가 보다'라고 생각하는 경우가 있다.

아이의 사춘기는 눈빛을 보면 알 수 있다. 모든 것에 불만이 가득하고 눈에서 살기마저 뻗칠 뿐 아니라 '건들기만 해 봐, 모든 것을 걸고 끝장을 보겠어'라는 전투 의지까지 느껴진다.

그런데 이런 눈빛이 순해지는 시기가 온다. 분명히 오긴 온다.

그동안 아이에게 끌려다녔다면 이때를 놓치지 말고 인성교육을 해야 한다. 처음부터 가르친다 생각하고 짚어 이야기하면서 엄마의 자리를 찾아야 한다는 것이다. 이때마저도 고치지 못하면 성인이 되어서도 아이에게 막말을 들어야 할지 모른다.

부모가 결정해야 할 일은 부모가 하는 것이지 네가 이래라저래라 할 게 아니라고 단호하게 이야기하고, 계속 버릇없이 군다면 앞으로 네가 원하는 것은 얻을 수 없을 것이라고 딱 잘라 말해야 한다.

이때는 제재 조치도 먹힐 시기이므로 핸드폰을 정지한다든지 용돈을 차감한다든지 조금 강하게 나가도 된다.

집을 나가겠다고 하면 이제 너도 곧 성인이 될 것이니 조기 독립이라 받아들이겠다 하고, 경제적으로도 독립하라고 못 박으라.

더는 끌려다니지 말아야 한다. 이제 성인만큼은 아니지만 어느 정도 옳고 그름, 해야 할 일과 하지 말아야 할 일 그리고 자기 미래에 대해 생각할 수 있다.

사춘기 시기 동안 부모도 변하려고 노력했을 것이고, 이때쯤이면 사리 분별도 할 수 있으니 자신이 불편할 일은 만들려고 하지 않는다.

들어줄 것은 흔쾌히 들어주되 안 되는 것은 처음부터 딱 잘라 안 된다고 말하는 것이 좋다.

사춘기는 지나가지만 아이의 결핍이나 상처를 채워주고 보듬어주는 과정을 거치지 않으면 힘들게 겪은 사춘기가 부모에게도, 아이에게도 아무런 도움이 되지 않고 그냥 시간만 지나가 버린 것이 된다.

노력을 한 뒤에 아이의 버릇을 잡도록 애를 써야지 아무 노력도 없이 아이를 제재하려고만 한다면 다시 한번 아이의 분노와 마주하게 될 것이다.

서둘러 상처를 덮으려 하다가는

노련한 구조사는 사람이 물에 빠졌을 때 바로 구하러 들어가지 않는다. 살려달라고 마구 몸부림칠 때는 기다리다가 힘이 빠지면 그때 들어가서 구한다.

아이가 온몸으로 반항을 하며 분노를 표출할 때 너무 성급하게 모든 것을 해결하려고 해서는 안 된다. '어차피 들어주지도 않을 거면서'라는 마음이 '들어줄지도 모르겠다'로 바뀌는 인고의 시간이 필요하다.

어쩌면 10년 이상을 아이는 부모에게 자신의 이야기를 들어달라고 표현했을지도 모른다. 그때마다 '네가 뭘 알아, 시키는 대로 해! 이게 다 너를 위해서 그러는 거야'라는 메시지를 받았다면 아이는 어차피 말해봤자 소용없다는 생각이 강하게 자리 잡았을 것이다.

부모는 열심히 노력하는데 아이는 좋아지는 듯하다가 다시 나빠지기를 반복한다며 지친다고, 모두 그만두고 싶어진다고 이야기하기도 한다.

그런데 어떻게 한두 달 만에, 또는 일 년 만에 아이가 반듯하게 돌아올 것이라 생각하는가! 게다가 사춘기이지 않은가? 감정조절이 안 되고 충동적이며 무모한 결정을 하는 미친 호르몬의 향연…….

우리가 어떤 사람에게 몇 년 동안 고통을 당하고 지냈는데 어느 날 그 사람이 미안하다며, 자신이 몰라서 그랬다며 사과한다고 해보자. 바로 용서가 되고 그 사람에 대한 태도가 바뀔 수 있을까?

시간이 지나면 다시 돌변할지도 모른다는 생각에 두고두고 지켜보며 시험해 보고 싶은 생각이 들지 않을까? 미안하다고 할수록 원망과 분노가 올라와서 못되게 굴고 싶은 마음이 들 때는 없을까?

지켜봤는데 정말 진심으로 뉘우치고, 몰라서 그런 것이지 나쁜 마음으로 그런 것은 아닌 것 같다는 생각이 들었어도 이 사람에게 백 퍼센트 마음을 주기란 힘들 것이다.

하지만 아이들은 다르다. 부모가 뉘우치고 태도와 말투를 바꾸고 주지 못했던 사랑을 주면 아이들은 온전히 예전의 마음으로 부모와의 관계를 회복할 수 있다.

사춘기가 지나지 않은 이때가 마지막 기회다. 지금부터 노력해서 관계를 회복해야 한다.

우리 아이는 부모의 넘치는 애정이 필요했다. 사랑을 주기 시작하자 좋아졌다 나빠졌다를 반복하며 스무 살 성인이 되었어도 자신이 예전에 받지 못했다고 느끼는 사랑을 채우려 한다.

취업을 하고 첫 직장에 나가는 날을 앞두고는 불안한 마음에 엄마를 하루에 백 번은 부르며 따라다닌다.

(일어나자마자) "엄마! 엄마?"

"으응~~."

"깜짝이야! 없는 줄 알았네, 후유~."

"엄마 나 월요일 출근하는 거 실화야? 겁나~~. 아무래도 엄마 없이는 안 되겠어. 같이 취업하자!"(잉? 이건 부작용?)

"엄마~~ 엄마~~."

'그만 좀 부르면 안 되겠니~~~~.'

사랑을 준다고 노력했지만 처음부터 그 사랑이 아이에게 받아들여지지는 않았다. 나름대로 열심히 사랑을 준다고 했는데도 한 번도 사랑받은 기억이 없다고 나를 아프게 하기도 했다.

그러니 포기하지 말고 꾸준히 노력해야 한다. 상처를 서둘러 덮으려 하다가는 도리어 상처가 덧나 버릴 수도 있으니 말이다.

언젠가 부모가 자신을 위해 바뀌려고 노력하는 모습이 감동이 되는 날이 오면, 아이는 예전의 모습으로 우리에게 보답하려고 노력할 것이다.

게임과 핸드폰, 받아들이라고?

사춘기 카페에 가장 많이 올라오는 내용이, 아이가 아무것도 하지 않고 핸드폰만 들여다본다, 아니면 게임만 한다는 내용이다. 게임 종류도 워낙 많은 데다가 때마다 유행하는 게임도 있는 것 같다.

'롤 게임'에 빠져 욕을 하고 소리를 지르며 온라인 수업은 하지도 않고 저러고 있는데 꼴 보기 싫고 통제도 안 된다며 힘들어하시는 분들이 많다.

우리 아이는 게임에 빠지지는 않았지만 집에 있는 날은 핸드폰과 한 몸이 되어 지냈다. 새벽까지 잠도 안 자고 무엇을 하는지 알 수가 없었다. 욕실에서 세수를 하면서도, 밥을 먹으면서도 화상통화를 했다.

중학교 때는 감시프로그램도 깔고 빼앗기도 해봤지만, 사춘기 증상이 심해지니 핸드폰을 하더라도 '집에만 붙어 있어라'는 마음에 더는 말하지 않았다.

하지만 내심 작은아이가 보고 배울까 봐 걱정이 되었고, 이제 초등 고학년이 되는 작은아이에게 핸드폰을 가까이하게 하고 싶지 않은 마음이 드는 것은 어쩔 수 없었다.

게임도 그렇다. 중독이 되면 뇌가 바뀌어버리고 일상생활이 제대로 되지 않으니 문제가 아닐 수 없다. 아이가 게임 시간 약속을 어긴 날이면 컴퓨터 모니터를 분리해서 끌어안고 잔다는 엄마도 있었다(몰래 할까 봐).

이런 경우 일관적으로 대처하는 것이 가장 중요할 것이다. 그 대신 시간을 넉넉히 잡는 것이 좋다. 중독이 되지 않도록 매일 몇 시간씩보다는 며칠에 한 번 몰아서 하게 하는 것이 낫다고 한다.

핸드폰 또한 마찬가지다. 아이와 함께 핸드폰의 좋은 점, 나쁜 점을 일찍부터 이야기해 보고 핸드폰 사용 시간과 규칙에 대한 합의를 해놓는 것이 좋다.

사춘기가 시작되기 전부터, 규칙을 지키지 않았을 때 엄마는 무조건 합의한 내용을 지킨다는 것을 알게 해주는 것이 사춘기 때 도움이 된다. 이것이 엄한 부모이고, 그 핵심은 일관성이다.

어른인 우리도 핸드폰이 손에 없으면 불안하다. 그것이 생활의 일부가 돼버렸기 때문에 무조건 못 하게 할 수는 없는 노릇이다. 스스로 조절할 수 있도록 하는 것이 관건인데 그것이 가장 어렵다. 특히 방황하는 우리의 '별'들은 도저히 통제가 안 된다.

아이가 게임을 할 때마다 잔소리하고 핸드폰을 압수하고 돌려주기를 반복한다면 아이는 자신도 모르게 자기 도피적이 되고 불안, 우울 지수가 높아진다고 한다. 부모가 오히려 아이를 중독으로 유도할 수 있다는 것이다.

아이들이 자라면서 술과 담배에 호기심을 느끼는 시기가 있다. 하지만 반응은 다르다. 한순간의 경험에 빠져들어 어른이 돼서도 술과 담배를 즐기는 아이가 있고, 더는 끌리지 않아 하는 아이도 있다.

심리적으로 중독은 '사람 중독'이 되지 않았다는 증거라고 한다. 사람과 관계를 맺지 못하거나, 인간관계가 힘들어서 '물질'로 붙들겠다는 마음이라는 것이다.

부모의 사랑을 중독될 정도로 충분히 느낀 아이('과잉 사랑'과는 다르다)는 쉽게 다른 중독에 빠지지 않는다. 게임에 빠져드는 아이의 텅 빈 마음을 보지 못하고, 어른의 방법으로 통제만 하려고 하면 아무 효과도 볼 수 없다.

무엇에라도 관계를 맺고 살아보겠다는 삶에 대한 애착의 증거로 봐야 한다. 이것마저도 없는 사람은 무기력에 빠져 아무것도 하지 않는다. 이것은 중독보다 더 위험하다.

게임에 빠진 아이를 넉넉한 마음으로 이해하기란 정말 쉬운 일이 아니다. 그럼에도 불구하고 게임에 몰두하는 아이를 야단치기보다 단 하나라도 칭찬 거리를 찾는 것이 좋다.

할 만큼 하고 나면 더 안 하는 아이들도 있고, 무언가 목표가 생기면 게임에 몰두했던 만큼 그 일에 집중하는 아이들도 있다.

'아무리 게임이 좋더라도 그렇게 오래 앉아 있는 게 쉬운 일이 아니지. 나중에 좋아하는 일이 생기면 그렇게 집중할 거라고 믿자'고 마음을 먹어보자.

게임을 하는 패턴을 살펴보고 주로 하는 시간 동안만큼은 그냥 마음을 내려놓고 다른 일을 하는 것이 좋다.

누구나 자신을 믿어주는 사람에게 의리를 지키고 싶어 한다. 물론 처음부터 게임을 하지 않는 게 가장 좋지만, 그럴 수 없다면 상황을 바꿔야 한다. 무엇을 강화해야 할지를 생각해야 한다.

습관적인 게임으로 수없이 다투었다면 먹을 것이라도 챙겨주는 게 낫다. 야단과 질책 대신, 힘들더라도 내 아이의 장점을 찾아야 한다.

_『아이가 다가오는 부모, 아이가 달아나는 부모』
(박임순, 옥봉수, 2017, 북극성)

부모와 소통이 된다는 느낌을 받고 나서 게임이 재미없어졌다고 말하는 아이들도 있다. 부모의 사랑과 관심에 목말라 외로움에, 게임에 숨어버렸던 아이들이 대부분 그렇다.

아이에게 잔소리 대신 좋아하는 음식을 챙겨주고, 부부가 사이좋은 모습을 보여주려 노력하자. 아이가 잠시 게임을 멈추고 챙겨준 음식을 먹으며 기분이 좋을 때 한 번 웃게 만들면서 대화를 조금씩 늘려가는 것이다.

게임 중독이었던 아이가 공부에 몰입해서 좋은 대학을 갔다는 이야기도 종종 듣는다. 이 아이들에게 공통점이 있다면 부모가 한 번도 자신을 비관하거나 포기하는 말과 태도를 보이지 않았다는 것이다.

언젠가 때가 되면 자신의 일을 할 것이라는 믿음이 아이를 살린다.

우리 아이는 핸드폰이 가장 중요하다. 몸의 일부라도 되는 듯 끼고 살고, 실습을 할 때도 핸드폰을 놓고 오면 지각을 하더라도 가져와야 한다며 차를 돌리라고 했다. 속이 터졌지만 어쩌겠는가, 자기가 그렇다는데.

아이에게 지적할 시간에 가지러 가서 지각으로 인한 불이익을 스스로 감수하게 하는 편이 낫다고 생각했다. 그래도 자격증 시험 공부에 몰입해야 할 때가 오자 핸드폰 시간을 스스로 조절했다. 언빌리버블!!

아이를 믿고 버텨보자. 게임을 해도, 핸드폰을 해도 바깥에 나가서 사고 치는 것보다는 낫지 않냐는 법륜 스님의 말씀을 떠올려 보자.

'치심자(治心者) 득천하(得天下)'라 했다. 마음을 다스리는 자 천하를 얻는다는 말이다. 우리는 천하는 필요 없다. 내 자식의 마음을 얻는 것, 그것이면 된다.

넷

성장해야 산다

아이와 함께 한 뼘 더 성장했는가

우리가 자녀에게 바라는 것은 무엇인가? 대부분 자녀가 행복했으면 좋겠다고 말한다. 이는 공부 열심히 해서 좋은 대학 나와 괜찮은 직장 잡아서 비슷한 배우자 만나 행복하게 살았으면 좋겠다는 뜻일 것이다.

그럼 아이를 키우면서 아이가 아닌 우리 자신에게 바라는 것은 무엇인가? 내가 바라는 것, 내가 얻는 것은 무엇인가?

죽게 공부시켜서 좋은 대학 보내고 괜찮은 직장 잡으면 부모가 노력해서 그렇다고 고마워할까? 그것이 우리가 바라고 얻는 것일까?

궁극적으로 바라는 것은 좋은 관계를 유지해서 아이가 성인이 되어 자식을 낳더라도 부모인 우리를 찾아와 주고, 우리가 그랬던 것처럼 세심하게 살펴주는 것 아닌가?

그렇다면 우리는 고민할 것이 줄어든다. 아이를 가르치는 것보다 중요한 일이 아이와 좋은 관계를 유지하는 것이라면 무슨 일이 일어나든 내가 어떤 말을 하고 어떤 행동을 해야 할지 중심이 잡힐 것이다.

지금 하려는 말이 아이와의 관계에 도움이 되는지 한 번만 더 생각해 보면 해야 할 말과 하지 않는 편이 좋을 말이 구분될 것이니 말이다.

1988년 미국에서 출간되어 세계적으로 베스트셀러에 올랐던 로버트 풀검(Robert Fulghum)의 『내가 정말 알아야 할 모든 것은 유치원에서 배웠다』라는 책을 기억하는가.

무엇이든 나누어 가지라.
공정하게 행동하라.
남을 때리지 마라.
사용한 물건은 제자리에 놓으라.
자신이 어지럽힌 것은 자신이 치우라.
내 것이 아니면 가져가지 마라.
다른 사람을 아프게 했으면 미안하다고 말하라.

음식을 먹기 전에 손을 씻으라.

밖에 나가서는 차를 조심하고 옆 사람과 손을 잡고 움직이라.

어떤가, 정말이지 않은가? 우리가 배워야 할 기본적인 것은 유치원 때 다 배운 것이다. 그러니 우리 아이들이 사춘기 열병을 앓고 있을 때 굳이 가르치려 하지 말자.

우리가 가르치고 싶은 말 중에 한마디라도 아이 머릿속에 들어가게 하려면 관계가 더 중요하다.

아무리 좋은 이야기를 많이 해준다고 해도 아이를 상처 받게 하고, 아이의 자존감을 깎아내린다면 그냥 아무 말도 안 하는 것이 낫다.

21세기를 대표하는 영적 지도자 에크하르트 톨레(Eckhart Tolle)는 『경청』에서 '우리가 진심으로 귀 기울여서 아이가 자신의 이야기를 끝내도록 한다면 아이는 자신의 생각을 완성할 수 있으며, 이는 문제를 스스로 해결하는 데 도움이 된다'고 했다. 이것이 경청의 방법이다.

사사건건 가르치려 들기보다 자신의 말을 경청하며, 자신의 욕구를 이해해 주려고 노력하는 부모에게 함부로 하는 아이는 별로 없을 것이다.

어떤 일이든 처음에 문제가 발생했을 때 감정적으로 아이를 대하지 말고 하루 정도 생각할 시간이 필요하다고 말하자. 아이에게 너도 무엇을 어떻게 책임져야 할지 생각해 보는 시간을 가지라고 하자.

차분하고 냉정하게 생각한 후 대처하고, 그 일이 반복되지 않도록 하는 것에 초점을 맞추자.

나는 아이가 시간이 되도록 들어오지 않고 친구 집에서 자게 해달라고 요구할 때마다 몇 시간씩 카톡으로 실랑이를 하며 아이러니하게도 내가 우리 딸을 그렇게 사랑하는지 새삼 느꼈다. 그렇게 보고 싶을 수가 없고, 화상 전화로 확인하는 얼굴이 그렇게 예쁘고 소중하게 느껴졌다.

내가 아이를 믿을 수 있는 상황이라면 얼마나 좋을까……. 혹시나 새벽에라도 나가지는 않을지 시간마다 화상 전화를 한 적도 있다. 숨 막혔을 거라는 것을 알지만 아이와 주변의 친구들을 믿을 수 없는 상황이 두려웠다.

지금 생각해 보니 그렇게라도 엄마의 요구를 들어주었던 딸에게 고맙다는 생각이 든다.

"딸아, 오지게 고맙다!"(우리딸은 "오졌다리 오졌다"라는 말을 즐겨 쓴다.)

아이는 엄마의 거울일 뿐이고, 엄마의 불안은 자신의 '후진 과거의 흔적'에서 오는 것이지 아이에게서 오는 것이 아니라고 했다. 나의 불안이 나의 과거의 흔적에서 온 것이 맞는 것 같다.

아이를 조금만 더 믿어주었다면 어떻게 됐을까? 더 나쁘게 됐을까?

아이는 어제보다 분명히 큰다. 이제 부모인 우리만 더 크면 된다.

꿈꾸기에 이미 늦었다고 생각하는 아이들

자신의 미래를 긍정적으로 생각하는 아이들은 자신을 망치는 일을 하지 않는다. 물론 아이들은 앞일을 내다보지 못하고 충동적으로 행동하는 경우가 많다. 다만 이런 충동적인 행동이 반복되지 않는다면 크게 걱정하지 않아도 된다. 이런 행동이 반복적으로 일어나는 것이 문제다.

어떤 문제가 반복적으로 일어난다면 그때는 부모가 개입해야 한다. 하지만 개입한다고 해도 훈육이 되지 않는 상황이 많다. 더는 어떤 금지도 통하지 않는다.

아이에게 화를 내거나 제재를 가하는 것이 불가능한 순간이 오더라도 꾸준히 부모가 걱정하는 바를 전해야 한다. 문자로든 말로든 편지로든.

아이에게 금지가 통한다는 것은 그동안 부모로부터 받아온 인정과 사랑을 잃고 싶지 않기 때문에 불편하지만 그것을 지킨다는 말이다. 그리고 금지가 통하지 않는다는 것은 더는 잃을 게 없다는 뜻이다.

아이가 처음 문제 행동을 일으켰을 때 부모가 보여주는 태도는 매우 중요하다. 부모가 어떤 태도를 취하느냐에 따라 아이의 미래가 달라질 수 있다.

타인에게 피해를 주는 행동을 했을 때 목숨이 달린 문제가 아니라면 하루 정도는 생각할 시간을 갖자. 당황한 나머지 앞뒤 가리지 않고 일단 해결부터 하려 해서는 안 된다.

어떻게 해야 이 문제를 가장 현명하게 풀 수 있을지 정리할 시간이 필요하다. 아이에게 어느 정도의 책임을 부여해야 할지, 부모가 해결해야 할 부분은 어디까지인지 말이다.

문제 행동을 했다고 아이를 비난해서는 안 된다. 아이와 문제는 분리해야 한다. 비난을 하는 것이 목적이 아니라 아이의 행동이 잘못됐다는 것을 알게 하는 것이 목적이기 때문이다.

비난을 받으며 자란 아이는 책임감을 배우지 못한다. 대신 자신을 탓하고 멸시하며 다른 사람을 흠잡는 법을 배우게 된다.

우리는 아이들이 꿈꾸는 것을 포기하지 않도록 노력해야 한다. 지금 불행하다고 느끼는 아이들은 행복한 미래를 꿈꾸기 두려워한다.

앞에서 말했듯이 아이의 장점 50가지를 적어봤다면 아이가 잘하는 것, 아이의 강점을 아마도 한 가지 이상 찾았을 것이다.

모든 아이는 자신만의 고유한 재능을 가지고 세상에 온다. 그것이 무엇인지 찾도록 도와주고 격려하며 성취하도록 북돋아 주는 것이 부모의 의무다.

아이와 함께 이야기 나눌 수 있는 시간을 만들어보자. 기분 좋게 웃고 난 뒤 기회를 보아야 한다.

1. 잘하는 것이 무엇인가?
2. 좋아하는 것, 하면 즐거운 것은 무엇인가?
3. 어떤 사람들을 좋아하고, 어떤 사람들과 삶을 보내고 싶은가?
4. 친구들에게 내가 무엇을 잘하는지, 내가 어떤 사람인지 물어본 적이 있는가?

아이의 열정에 불을 지피고 격려하고 지원하며 자신이 원한다면 어떤 사람이든, 무엇이든 될 수 있다고 말해주어야 한다. 어떤

조건을 달지 않고 말이다. 예를 들면 '지금처럼 공부를 안 하면'이라든지 '이렇게 사고 치면'이라든지 '학교를 제대로 나가지 않는다면' 같은.

사춘기 시기는 어릴 적 자신이 하지 못했던 것을 하는 시기라고도 했다. 아이들은 이 시기에 하고 싶은 것만 하려고 한다(그것이 핸드폰과 게임이니 문제이긴 하지만).

이 시기는 자신이 잘하는 것과 못하는 것을 알아가는 때이므로 이것저것 해보고 싶다 하면 하게 해주는 것이 좋다. 보내줬는데 오래 다니지 않고, 그만둔다고 타박하지 말아야 한다. 해보니 잘하지도 않고, 자기가 생각했던 것과 다를 수도 있다.

부모가 보기에 노래를 뛰어나게 잘하는 것 같지 않은데 가수를 하겠다고 보컬 학원에 보내달라고 하면 말리려고 에너지 소비하며 관계를 망치지 말고, 배우면서 자신이 남들과 비교했을 때 그렇게 뛰어나지 않다는 것을 자각하게 하는 편이 낫다는 말이다.

우리 아이는 아무것도 하려 하지 않았고, 학교도 잘 나가려 하지 않아서 무척 걱정을 했다. 그런데 친구 따라 강남 간다고, 주변에 미술 하는 친구들이 몇 있다 보니 고1 말경에 자기도 미술을 하겠다며 미술학원에 보내달라는 것이었다.

초등학교 때 미술학원을 꽤 다니긴 했어도 중학교 가서는 개인 레슨 한 달 정도 받은 것 말고는 미술을 한 적이 없는데 대체 그때 미술을 시작해서 어떻게 대학을 가겠다는 것인지 답답했다.

그렇지만 무언가 하겠다는데 현실적인 이야기를 하며 거절하면 안 될 것 같았다.

두어 달 다녔나? 그곳에 같이 다니던 친구가 잘 나오지 않는다는 이유로 그만두겠다는 것이다.

물론 친구 때문인 것도 약간 있었겠지만 막상 입시 미술을 해보니 자신이 없었던 것이 아닐까 싶다. 사실 재료비니 뭐니 아까운 마음이 없진 않았지만 자신이 노력하지 않으면 그 또한 아무 소용 없으니 군소리 없이 그러라고 했다.

그러고 나서 두 번째로 하겠다고 한 것이 병원코디네이터였다. 무엇인지 자세히 알고 저러는 걸까 싶었지만 좋은 생각 같다고 한번 해보라고 말해주었다. 아이는 학교 공부는 필요 없으니 학교 그만두고 검정고시를 본 뒤 자격증을 따겠다고 했다.

나는 병원코디네이터 자격증을 따는 학원에 전화해서 실장이라는 분에게 검정고시를 보고 자격증을 따서 취업할 때 불이익이 있을지 물어보았다. 그분은 굳이 검정고시를 볼 필요가 있냐면서 그냥 고등학교만 졸업하고 자격증 따서 취업하는 게 훨씬

편할 것이라고 했다.

당연한 말이지만 엄마가 하는 말과 경험자가 하는 말은 아이가 받아들이는 것이 다르다.

아르바이트 가는 아이에게(저녁에 두 달 정도 아르바이트를 했었다) 슬쩍 이야기를 꺼냈더니 뭔가 조금 흔들리는 듯한 낌새를 보이더니, 끝나고 집에 와서는 학교에 계속 다니겠다고 말했다.

홀레이~~ 남편과 나는 춤이라도 추고 싶었다.

며칠 후, 아이는 화장실에서 떼어왔다며 위탁 병원코디네이터 학원에 대한 홍보 스티커를 보여주었다. 바로 전화를 해보았는데 코디네이터 과정은 없을 것 같고 간호조무사 자격증을 따는 과정만 개설될 것 같다는 것이다.

아이에게 뭐라고 해야 할까 싶었다. 친구가 강남에서 성형외과 상담실장으로 잘나가는 동생을 안다고 했다. 그 동생에게 물어봐 주겠다고 했다.

코디네이터 자격증은 민간 자격증이라 누구나 딸 수 있지만 간호조무사는 국가고시라 자신도 간호조무사 자격증을 땄고, 자격증이 있으면 취업도 쉽고 대우도 좋다는 이야기를 전해주었다.

나는 그 이야기를 하면서 아이를 설득했다. 그래서 우리는 위탁을 선택했다.

지금 생각해도 다행이다. 다들 수능 공부나 실기 준비로 바쁠 텐데 우리 아이가 위탁을 선택하지 않았다면 계속 학교를 빠지고 잠만 자며 보내지 않았을까?

자신은 공부와는 맞지 않는다면서 노력하려고도 하지 않고, 아이들과 다른 자신을 한심하게 느끼고 알 수 없는 불안감에 실패한 인생이라는 생각을 하며 지내야 했을지도 모른다.

아이와 오리엔테이션에 갔을 때 또 하나의 희망적인 이야기를 들을 수 있었다. 졸업 후 취업해서 2년 일하고 나면 선취업 후진학으로 대학에 갈 수 있다는 것이다.

아이가 취업을 해서 일을 하다 보면 대학이 필요하겠다 생각할 수도 있다. 그때는 자신이 필요성을 느꼈기 때문에 대학에 가서도 열심히 노력할 것이다.

실망했는가? 사춘기를 심하게 겪었으나 마음 잡고 열심히 공부해서 좋은 대학에 들어갔다는 이야기를 듣지 못해서?

나는 그렇게 생각하지 않는다. 고2 때라도 열심히 하면 따라잡을 수 있는 아이도 있겠지만, 공부도 재능임을 알고 있는 나로서는 자신이 하고 싶은 것을 정하고 그것을 위해 노력하는 경험이 더더욱 소중하다고 생각한다.

우리 아이는 아직 성공의 경험이 많지 않다. 그래서 작은 것이라도 성공의 경험을 갖게 하는 것이 필요했다.

아이는 갑자기 변하지 않는다. 사실 코로나 19로 간호학원 수업이 거의 온라인으로 진행됐다. 오랜 시간 공부를 놓고 지내왔던 아이는 수업 화면을 띄어놓고 잠을 자기 시작했다.

마음을 내려놓았다. 이것도 자신의 선택이고, 공부를 해서 시험에 붙어야 하겠지만 그렇지 않아서 떨어지더라도 그것 또한 받아들여야 할 것이라 생각했다.

실습 기간이 꽤 길어서 필기시험 준비를 할 수 있는 시간은 정말 부족했다. 아이는 한참을 아무것도 하지 않고 시간을 보내면서 아무래도 시험은 떨어질 것 같다고, 이 많은 걸 공부도 안 하던 자기가 어떻게 하겠냐며 한숨만 쉬었다.

정말 내가 봐도 이 정도면 간호사 시험을 보지 조무사가 이걸 다 알아야 하냐는 말이 나올 정도로 양이 방대하고 외워야 할 것, 알아야 할 것이 너무나 많았다.

두 달 정도 남았을 때 아이는 과외라도 있었으면 좋겠다고 지나가는 말로 이야기했다. 나는 얼른 온라인 카페와 과외 사이트에서 선생님을 알아보고 딱 한 명을 구할 수 있었다.

결과적으로 약속한 시간 동안 정리를 해주겠다던 선생님은 다

섯 권의 책 중 한 권도 마무리해 주지 못했고, 나머지는 혼자서 공부할 수 있도록 하겠다더니 정말 성의 없이 초간단으로 내용을 정리해서 보내주었다.

어쨌건 과외로 공부의 스타트는 끊었으나 시간이 너무 없어서 문제풀이 위주로 플랜을 짜고, 틀린 문제와 반복되는 문제 패턴을 중심으로 외우는 쪽으로 방향을 잡았다.

아이는 정말 내가 짜준 플랜을 하루도 빠짐없이 실천해 나갔다. 만일 처음에 아이를, 수업 화면만 띄운 채 잠만 자고 아무런 노력도 하지 않는다며 비난했다면 아이는 아무것도 시작하지 않았을 것이다.

아이 스스로 하고자 할 때까지 기다리는 것, 그것이 아이에게는 필요하다.

중간에 병원 코디네이터 시험이 있었다. 민간 자격증이라 '오픈북 테스트(open book test)'였기에 아이는 조금 수월하게 시험을 볼 수 있었고 합격을 했다. 작은 성공의 경험을 한 것이다.

아이는 그 후 더더욱 자격증 시험 합격에 간절함을 느꼈다. 실습 기간에 수능시험이 있어서 아이는 하루 빠지면 실습을 채워야 하니 수능을 보지 않겠다고 했다.

담임선생님께서는 여러 번 확인하셨다. 그래도 시험은 보는 게 어떻겠냐고 말이다. 나도 내심 어째야 하나 싶었지만 아이의 결정을 따랐다.

시험을 준비하는 동안 친구들의 대학 합격 소식이 들려왔다. 아이는, 검정고시를 보고 우리 집 근처 대학에 붙은 친구를 보며 자기도 대학을 갈걸 그랬나 보다 하며 내심 부러워하고 있었다. 지금 아이의 사춘기 때문에 고민하는 부모님들에게 힘이 되는 말 아닌가?

학교를 그만두고 사고 치던 아이들도 검정고시를 보고 대학에 들어간다. 공부를 징그럽게 안 하던 아이도 기본 실력이 갖춰진 아이들은 공부해서 대학에 간다. 우리 아이처럼 공부를 놓아버린 아이도 자신이 원하는 길을 찾아간다. 그러니 아이의 미래를 미리 걱정하며 부모가 끙끙 앓지 말라는 것이다.

아이가 자신의 미래를 가장 걱정한다. 돌아가면 좀 어떤가? 학창 시절 내내 공부만 하던 아이도 성적에 맞춰 대학에 가놓고 자신의 적성과 맞지 않는다며 일 년 다니고 그만두는 아이들도 많이 보았다.

꿈꾸기에 이미 늦었다고 생각하게 만들지 말아야 한다. 어떻게든 꿈을 꿀 수 있도록 아이를 비난하거나 단정 짓지 않고 기다린다면 아이 스스로 자신이 무엇을 하고 싶은지 이야기하는 날이 올 것이다. 그때 놓치지 않고 도와주면 된다.

얼마 전, 아이는 간호조무사 시험을 보았고 나름 좋은 점수로 합격을 했다. 어찌나 흡족해하는지 우리도 무척이나 기뻤지만 스스로를 자랑스러워하는 아이를 보며 정말 뿌듯했다.

아이는 앞으로 2년 동안 일하면서 배우고 간호 관련 학과로 대학에 진학할 것이다.

해보다가 그게 아니어서 다른 길을 찾게 되면 또 어떤가? 마흔 살이 되어도 내가 무엇을 하고 싶은지 무엇을 좋아하는지 알지 못하는 사람이 얼마나 많은데, 이제 스물 아닌가?

『목적이 이끄는 삶』이란 책이 한때 유명했다. 오죽하면 지방에 '목적이 이끄는 곰탕집'이 있을 정도였으니 말이다.

우리 아이들도 목적이 이끄는 삶을 산다면 결코 쓰러지지 않을 것이다. 해야 할 일이 있기 때문이다.

스스로 자신의 꿈을 찾을 수 있도록 옆에서 작은 성공의 경험을 쌓아가게 도와주자. 이제 꿈꾸기에는 늦었다고, 자신은 잘되긴 글렀다고 생각하는 아이들에게 갈 길은 많고 너의 미래는 아직 오지 않았다는 것을 알려주자.

지금 내 곁에 있는 아이

아이가 조금 더 어렸을 때 종종 이런 일이 있지 않았는가?

아이가 친구랑 있었던 웃긴 이야기나, 자신이 지금 본 책에 대해서 들려줄 때 나는 듣고 있지 않다. 아이가 말하는 것에 귀 기울이고 같이 즐겁게 지내기보단 머릿속으로 아이와 내가 해야 할 다음 일들을 생각하고 있다.

이야기를 하던 아이가 혼자 웃기 시작하면 그제야 나도 따라 웃으며 듣고 있었던 척한다. 그리고 그 이야기가 끝나자마자 내가 머릿속으로 생각하던 다음 일정이나, 확인해야 할 상황을 이야기한다.

매일매일 좋은 감정을 조금씩 나누고 한 번이라도 함께 웃으며 관계를 생각해야 하는데 아이의 다음 일정을 채근하느라, 내가 할 일을 생각하느라 엄마들은 하루를 너무 빡빡하게 살아간다.

아이는 우리가 자신을 위해 어떤 학원을 보내주었는지보다 우리가 자신에게 어떻게 말하고 어떤 반응을 보였는가를 더 많이 기억할 것이다. 아이에게 무언가를 시키는 데만 생각을 집중한다면, 아이와 함께 있어줄 에너지는 그만큼 부족할 수밖에 없다.

이미 지나가 버린 시간을 어쩌라고! 하는 부모들도 있을 것이다. 지금도 늦지 않았다. 아이에게 지적하고, 무언가를 바꾸려고 노력하면서 머릿속을 복잡하게 만들지 말자.

도끼눈을 뜨고, 보기만 해도 짜증이 솟구치는 얼굴을 하고선 사사건건 시비를 걸며 예민하게 구는 아이일지라도 하루 한 번 함께 웃을 거리를 찾고 농담으로 분위기를 바꾸려는 노력을 해보자.

힘든 시간을 보낼 때 농담이나 유머를 활용하면 다른 시각에서 상황을 바라볼 수 있고, 마음에 없던 여유가 생긴다.

나는 오래된 영화지만 죽을 수도 있는 상황에서 유머러스한 혼잣말을 하는 브루스 윌리스의 「다이하드」를 참 좋아한다. 나도 그럴 수 있는 사람이 되고 싶다는 생각을 했던 것 같다.

바보스럽긴 해도 가끔 아이들과 있을 때 과한 움직임이나 춤으로 한 번씩 웃기려고 노력한다. 한 번 피식 웃는 것이라도 그걸로 만족한다.

고통을 이겨내는 최고의 방법은 웃음이다. 진심으로 웃기 위해서는 고통을 끄집어내어 놀 수 있어야 한다.

_찰리 채플린

우리는 부모로부터 받은 상처를 자식에게 대물림한다고 했다. 나의 부모에게 원망스러운 것이 있는가? 그들도 우리처럼 연약한 사람들이고, 부모가 처음이었다.

자녀를 키우는 우리는 이제 어른이 됐다. 그때는 모든 것을 받아들여야만 했고, 싫다고, 그렇게 하지 말라고 이야기하지 못했더라도 지금은 다르다. 과거로부터 벗어나서 나 스스로를 다독여줄 수 있는 성인이니까.

모든 문제가 부모 자신 때문이라는 부모의 마음을 자녀들이 읽게 되면 자녀들은 자신의 삶에 대한 몫과 책임을 배우지 못한다. 잘 안 되면 부모를 탓할 것이고, 결국 부모에게 기대어 살아가는 캥거루족이 된다.

이제 우리는 좋은 부모가 될 방법을 선택할 수 있다. 잘못 선택했다면 쿨하게 인정한 후 실수를 반복하지 않으면 된다.

'내가 낳았고, 내가 키웠고, 내가 모든 것을 주고 있으니 내 말을 들어야 한다'라고 생각하며(일명 '밥벌이 이론') 아이를 대했을 때 아이들은 "누가 낳아달라고 했어? 누가 언제 해달라고 했어?"라며 대든다.

협상의 여지가 없는 일이라면 부모 밑에 있을 때는 "무조건 들어!!"라고 하는 것도 필요하다. 만약 '숙제를 해야 한다'가 협상의 여지가 없는 일이면 방법을 찾거나 이야기를 들어줄 수 있다.

아이가 내 뜻과는 정반대로 나아가려고 할 때 우리는 부모로서, 한 인간으로서 무력감을 느낀다. 하지만 고통은 빈손으로 오지 않는다. 우리에게 무언가 배울 점을 꼭 준다.

아이를 통해 비로소 부모가 된 우리를 바라보자. 힘들지만 아이를 위해 애쓰고, 아이의 생각을 알고자 노력하면서 아이와 함께 울고 웃으며 지내온 시간은 나중에 돌이켜 보면 서로를 더 끈끈하게 만들어준 시간이었음을 알게 될 것이다.

아이의 문제보다 아이와 잘못된 관계를 어떻게 다시 맺어야 할까를 고민하는 부모라면 분명히 값진 시간을 보내는 것이다.

우리 아이가 지금 내 곁에 있다. 아이가 속을 썩일 때는 솔직히 '무자식이 상팔자지 내가 무슨 부귀영화를 보겠다고 자식을 낳아서는 나 하나도 어쩌지 못하는 주제에' 하는 생각을 했던 적이 있음을 고백한다. 속으로 욕도 무지하게 많이 했다.

하지만 뱃속으로 도로 집어넣을 수도 없고, 이미 내 새끼는 옆에 있지 않은가. 이 아이가 옆에 없을 때 얼마나 겁이 나고 두려웠는가. 내 눈에 보이지 않는 곳에서 잘못될까 봐 얼마나 걱정을 했는가!

나는 불안과 염려가 많은 사람이다. 아이들이 어릴 때 잠자리에 누우면 나도 모르게 내가 갑자기 병에 걸리면 어쩌나, 묻지마 살인이나 황산 테러 뉴스를 본 뒤 내가 아이를 지켜주지 못하는 꿈을 꾸고는 무력하고 겁 많은 내가 엄마 자격이 있는가 하고 꿈에서 깨고도 한참을 두려움에 떨었다.

우리의 뇌는 걱정이나 불안을 실제로 받아들이고 우주의 기운을 끌어들여 그 일이 실제로 일어나게끔 한다. 그래서 심각한 정신병을 앓고 있는 사람은 암과 같은 병에 거의 걸리지 않는다고 한다. 그런 병이 있다는 것조차 모르기 때문이다.

여러 경로로 내용을 접하면서 자신도 모르게 생각하고 걱정하는 까닭에 병에 걸리는 일이 더 많다는 글을 읽고 지금은 의식적으로 생각을 안 하려고 한다. 『시크릿』이나 『꿈꾸는 다락방』이 그런 내용 아닌가? 내가 되고자 하는 모습, 우리 아이들이 되었으면 하는 모습을 생생하게 상상하는 것이 이롭다.

어떤 사람은 모든 걸 챙겨주고 함께 밥을 먹어주는 것이 사랑이라 느끼고, 어떤 사람은 함께 시간을 보내줄 때 사랑이라 생각하기도 한다. 또 어떤 사람은 자신을 지지하고 응원해줄 때 그렇게 생각하는 경우도 있고, 스킨십이 많으면 많을수록 사랑한다고 느끼는 사람도 있다.

나의 경우는 「엽기적인 그녀」의 차태현처럼 내가 무엇을 좋아하고 무엇을 싫어하는지 정확히 알고 있어서 "얘는 그거 안 먹어, 얘는 그런 거 싫어해"라고 다른 사람에게 말해주는 것 그리고 나와 시간을 많이 보내주는 것을 사랑이라고 느꼈던 것 같다.

내 아이는 어떨 때 사랑받는다고 느끼는지 물어보자. 혼자 알려고 애쓰지 말고 간단하게 직접 물어보자. 그리고 내 아이가 원하는 방식으로 사랑을 해주자.

아이들은 간섭할 때, 믿어주지 않고 의심할 때 잘해주었던 것은 폭탄 맞은 듯 사라지고 화가 난다고 한다. 자기들이 믿을 만한 일을 하지 않으면서도 말이다.

우리는 '네가 자식이라면', '네가 학생이라면'이라는 조건을 걸고 아이에게 요구할 때가 많다. 물론 학생은 학생이 해야 할 일을 해야 마땅하고, 부모는 부모가 해야 할 일을 해야 사회가 돌아가는 것이 당연한 이치지만 우리의 방황하는 '별'들은 그런 이치를 들이대면 더 엇나갈 뿐이다.

그냥 한 인간으로서 아이가 원하는 것을 해주자. 우리가 원하는 것을 아이에게 해주면서 감사해하지 않는다고 열 받지 말자.

너무 무거운 이야기지만 실제로 아이들이 사고나 자살로 생을 마감하는 경우가 많이 있다. 우리 아이가 곁에 있다는 것만으로도 감사하자고 나는 힘들 때 나에게 많이 말했던 것 같다.

어느 책에선가 "아이들이 살아 있음에 감사하십시오. 어머님들이 살아 계심은 제가 대신 감사하겠습니다"라는 글을 읽고 미용실에서 머리를 하다가 펑펑 울었다. 이 글이 너무 와 닿아서 나는 강의를 할 때 마지막을 이 인사로 마무리한다.

지금 내 곁에 있는 아이와 소중한 추억을 만들자. 아이가 엇나가기 시작했다면 딸은 엄마, 아들은 아빠와 둘만의 여행을 추천한다. 이왕이면 아이가 부모 없이는 어쩔 수 없는 해외가 더 좋다. 아이도 어른도 낯선 곳에서는 서로 의지하고 기대게 되어 있다.

아이들과 세부로 여행을 간 적이 있다. 남편이 시간을 낼 수 없어서 나와 아이들만 가게 되었는데 가이드가 있어도 혼자 애들을 데리고 간다는 것이 많이 두려웠다. 하지만 그곳에서 아이들과 나는 하나가 되어 꼭 붙어 다니면서 신나게 웃고 떠들었다.

그래서 이번엔 큰아이와 처음으로 둘만의 여행을 가기로 했다. 동생만 편애한다 생각해서 상처가 많고, 우리 가족에서 나만 혼자인 것 같다, 셋이 붙어 있으면 너무 외롭다(작은아이는 큰아이와 달리 엄마나 아빠에게 잘 달라붙고 스킨십을 좋아한다) 토로하는 아이와 더 늦기 전에 둘이서 말이다.

자격증 시험을 마치면 떨어지건 붙건 간에 둘만의 여행을 가자고 했더니 아이는 "그래"라고 대수롭지 않게 대답했다. 그래서 펜션 예약해야 하니까 정확하게 말하라고 했더니 "자고 오게?" 놀라며 물었다. "싫어?" 했더니 "아니"란다.

아이는 어떤 마음일까? 궁금하다.

내 맘대로 동해 바다 쪽으로 여행지를 잡았다. 순전히 내가 바다를 좋아하기 때문이다. 남편이 볼멘소리로 이야기한다. 양평이나 가까운 곳으로 가지 뭘 그렇게 먼 곳까지 가느냐고…….

작은아이는 고맙게도 부러워하긴 하지만 이해해 준다. 설마 사춘기가 되면 자기는 두고 둘만 갔다고 두고두고 이야기하는 건 아니겠지? 후덜덜.

서서히 나의 곁으로 다가오는 아이

우리 아이 역시 사춘기 때 나에게 상처 되는 말을 많이 했었다. 하나하나 마음에 담아놓은 적도 있었다.

"엄마만 없으면 내 인생 아무 문제 없어!"

"엄마가 뭐 그래? 남들은 다 해주는 게 뭐 그리 어려운 거라고 난리야?"

"내 주변에 엄마 같은 사람 아무도 없어!"

"누가 낳으랬어?"

"사달라는 것도 못 사준다 어쩐다, 부모 자격이나 있어?"

"엄마 끔찍해!"

이렇게 아이는 화가 나면 입에서 나오는 대로 말을 뱉었고, 나는 상처 받았다.

감정의 쓰레기통. 바로 그것이다. 엄마는 감정의 쓰레기통인 것이다. 물론 이것이 정당하다는 것은 아니다. 하지만 이런 말을 들었다고 해서 아이가 엄마를 정말로 싫어하거나 끔찍하게 생각하는 것은 아니다.

상처로 인해 삶에 나타난 반응들을 살펴보면 대인관계의 어려움이 가장 보편적으로 호소하는 증상이다. 이 안에서 나타나는 두 가지의 극단적인 대인관계는 지나친 지배의 모습과 지나친 의존의 모습이다.

삶에 있어서 바른 자존감을 가져야 하는데, 혹자는 이와는 전혀 반대로 매우 교만한 모습을 보일 수도 있다. 그리하여 다른 사람에게 매우 비판적인 태도를 가지며, 자신보다 나아 보이는 사람은 별것이 아니라는 증거가 나올 때까지 깎아내린다.

또한 사람들에게 자신을 증명해 보이고자 무진장 노력을 기울인다. 그러면서도 상대가 조금이라도 이상한 태도를 보이면 즉시 하는 말이 "네가 나를 무시해?"이다.

자신이 이렇게 된 것을 모두 다른 사람, 부모 혹은 세상의 모순 탓으로 돌리기에 누군가에 대한 원망이 끊이지 않는다. 그 안에 잠재된 분노는 매우 잔인한 성격으로 발전할 수 있다.

이유 없이 아무것도 할 수 없는 무기력한 상태를 느낀다. 하지만 이유 없는 우울증이란 없다. 반드시 원인이 있다. 또한 강박관념은 신경이 쇠약해지면 더욱더 심해진다.

신경이 쇠약해진다는 것은 신경이 에너지를 많이 쓰고 있다는 말인데, 과연 우리의 에너지를 가장 많이 쓰게 하는 일은 무엇일까? 그것은 바로 죄책감이다.

죄책감이 지속되고 해결되지 않음으로써 성격은 더욱 예민해질 수밖에 없고, 강박적인 증상 역시 점차 확대되어 간다.

_「어린아이의 일을 버렸노라, 내적치유」(박승호)

이 글을 읽고 나는 걱정이 되었다. 우리 아이의 증상이 대부분 있었기 때문이다. '우리 아이가 상처 받아서 이렇게 된 거야?' 뭐라도 해야 할 것 같았지만 무엇을 할 수 있을지 알 수 없었다.

그러나 걱정 마시라. 지금 와서 보니 사춘기 아이들은 대부분 이런 증상을 겪는다. 표현하지 않고 조용히 넘어가는 아이들에게서는 알 수 없지만, 격렬하게 표현하는 아이들에게는 대부분 같은 증상이 있을 것이다.

사춘기를 겪는 동안 부모가 노력했다면 아이는 이런 모습에서 점차 남을 생각하고 가족을 생각하는 모습으로 바뀌는 것을 볼 수 있을 것이다.

오히려 부모인 우리 자신을 한번 대입해 보라. 내가 저런 모습이라면 나도 어릴 적 상처 받은 것이니…….

우리 큰아이는 스킨십을 싫어한다. 나도 그렇다. 그래서 더더욱 큰아이와 스킨십을 나눌 일이 많이 없었다. 하지만 작은아이는 스킨십을 좋아한다.

어릴 적부터 엄마 곁이 아니면 잠을 못 자는 터라 항상 같이 자는데, 이 아이는 발이라도 내 몸에 대고 자야 안심이 되는지 항상 발을 붙이고 잤다.

나는 그것이 그닥 좋지 않았지만 엄마가 돼서 매몰차게 대지 말라고 하기도 그래서 그냥 참고 자곤 했다.

큰아이의 반항이 심해지자 정신이 퍼뜩 들어 오만 책을 다 찾아 읽다 보니 한결같이 아이에게는 스킨십이 중요하다고 말하는 것이다. 그때부터 안아주려 노력하고, 사랑한다고 표현하려 애썼다. 내가 그런 성격이 아니다 보니 말 그대로 애써야만 되는 것이었다.

그런데 어느 날부터인가 아이는 내 곁으로 조금씩 다가왔다.

안방에서 책을 읽고 있으면 강아지를 대동해서 "사랑이가 엄마 보고 싶어 해"라며 왔고, 거실에 누워 있으면 그 커다란 몸으로 내 위에 포개지기도 했다.

나는 한곳에 오래 있지 못하고 뭔가를 하다가 다른 것이 생각나면 갑자기 일어나서 그 일을 하곤 하는데, 어느 날 아이가 "엄마는 왜 내가 오면 자꾸 다른 곳으로 가?" 하는 것이었다. 아차! 싶었다.

지금은 아이에게 양해를 구하거나, 급한 일이 아니면 아이가 내 곁에 왔을 때 움직이지 않으려 한다. 덩치가 커졌다고 다 큰 아이가 왜 이러냐고 아이를 밀어내지 말아야 한다.

아이는 아무리 커도 아이다. 엄마와 멀어지고 싶어 하다가도 갑자기 엄마에게 보호 받고 싶어 하는 아이 말이다.

스킨십이 정말 중요하다는 것을 나만 모르고 있었던 것 같다. 지인 중에 큰아들이 초등학교 6학년일 때 사춘기가 왔고, 사사건건 시비에 혼자 있으려 하고 몸에 손도 못 대게 해서 잠이 들면 몰래 가서 발이라도 만졌다고 했다.

나처럼 스킨십이 잘 안 되고 스킨십을 좋아하지 않는 사람들은 잘 생각해 보라. 어렸을 적 엄마, 아빠로부터 기분 좋은 스킨십을 많이 받았는지…….

우리 아이가 자라서 스킨십이 자연스러운 따뜻한 아이가 되길 원한다면 가능하면 스킨십을 많이 하도록 노력하길 바란다.

아이가 한참 친구들과 어울려 다니기 바쁠 때 강아지가 있으면 정서적으로도 도움이 된다 하고, 집에 조금이라도 붙어 있으려 하지 않을까 싶어서 남편을 설득했다.

남편은 강아지를 좋아하지 않지만 아이에게 좋다는 말에 알겠다며 마지못해 동의했다.

아이는 강아지가 있으면 자기가 산책도 시키고 똥, 오줌도 치우겠다고 하더니 얼마 지나지 않아 그건 내 몫이 되었다. 집에 있을 때만 잠시 예뻐하고 나가면 함흥차사, 노느라 바빴다.

이사를 하면서 스트레스를 받았는지 강아지는 집 안 여기저기에 '마킹'을 하기 시작했고, 새벽에도 갑자기 짖기 일쑤였다. 남편은 질색을 했고, 강아지를 보내든지 내가 나가든지 하겠다며 한참 갈등을 빚었다.

지금은 받아들이고 서로 노력하고 있지만, 아직도 남편은 강아지가 마킹한 것을 보면 짜증을 낸다.

가끔 "강아지 키우면 아이 정서에 도움이 된다고 하는데 도움되신 분 있나요? 들여야 하나 고민이에요"란 글이 올라온다.

나는 자신 있게 이야기할 수 있다. 아이보다 엄마에게 더 위로가 될 것이라고…….

아이에게 말로 상처 받은 날 강아지를 끌어안고 말했다.

"나는 니가 말을 못 해서 너~무 좋아!!"

이야기가 왜 강아지로 갔는지 모르겠지만 아이는 조금씩 조금씩 나의 곁으로 왔다.

고2가 되자 사춘기가 오기 전에 갖고 있던 보수적인 성격이 조금씩 보이기 시작하면서 확연히 예전과 다름이 느껴졌다. 바깥에서 친구들과 노는 것보다 집에 있는 게 더 편해 보였고, 놀더라도 그리 걱정 끼치는 일은 하지 않았다.

돌이켜 생각해 보니 나 역시 사춘기 방황이 끝나고 나자 다시 엄마, 아빠가 무섭게 느껴졌고, 함부로 할 수 없었던 기억이 난다. 어릴 적에 느꼈던 대로 다시 돌아가는 기분이었다.

말썽을 일으키는 자녀에게 집중하느라 남편과 또 다른 자녀와의 관계는 신경을 못 쓰고 있지 않은가? 그러다가 그 자녀마저 나중에 나를 힘들게 할 수 있다.

그 자녀와도 웃고 이야기하는 시간을 가지도록 하자. 남편도 지치고 힘들었을 것이다. 물론 집에서 매일 마주해야 하는 엄마보다야 덜 하겠지만…….

함께 어디라도 가서 스트레스를 날려버리자. 그 자녀가 가고 싶어 하는 곳으로. 방 탈출 카페도 좋고, 맛있는 음식을 먹을 수 있는 곳에서 식사를 하고 카페에서 디저트를 먹어도 좋을 것이다. 물론 말썽을 일으키는 자녀에게도 잊지 말고 함께 갈 수 있는지 물어봐야 한다.

아이의 사춘기가 진행되는 동안 아이는 밥을 먹으러 가자고 해도 싫다고 했고, 어디를 가자고 해도 무조건 '싫어!'로 일관했다. 한동안은 물어보다가 나중에는 아이도 귀찮아하고, 물어봤자 싫다고 할 것이 뻔해 아예 물어보지 않았다. 집에 혼자 있는 것을 좋아하니 우리가 나가 주면 더 좋아할 것이라 생각했다.

그런데 어느 날부터인가 아이는 자신에게 물어보지 않는 것을 서운해하며 혼자 남겨지는 것이 싫다고 했다. 가족의 테두리 안에 이제 들어올 준비가 된 것이다.

아이는 서서히 부모에게로 돌아온다. 오늘 힘들면 그냥 버텨야 한다. 시간이 지나면 저절로 알게 되고 변하는 것도 있다는 것은 감사한 일이다.

내일은 달라질 것이라는 희망을 품고 끈덕지게 버텨야 한다.

조금 나아지는 듯하더니 더 심해졌다고 절망한다. 나도 그랬다. 어느 날은 괜찮아지는 것 같다가 어느 날은 미쳐서 날뛰는 야생마 같다가…… 종잡을 수 없는 날들이 반복됐었다.

그럼 아이들이 변하려고 마음먹는 때는 언제일까? 진정 사랑받는다고 느낄 때, 충분히 인정받는다고 느낄 때 비로소 변화하려 한다.

아이들은 자신이 충분히 사랑받았다고 말하지는 않는다. 하지만 아이가 변하는 것이 느껴진다면 최소한 예전보다는 사랑받았다고 느꼈다는 것이다.

욕심내지 말고 한 걸음씩 가자. 천천히 가더라도 꾸준히, 일관적으로 아이에게 같은 메시지를 주면서 기다리고 또 기다리자.

기다림은 부모가 줄 수 있는 가장 큰 사랑이다. 그 기다림 끝에 아이가 나에게로 돌아오는 기쁨과 감격의 날이 꼭 올 것이다.

내가 원하는 대로
행동하게 만드는 묘책

우리 아이는 냄새에 무척 민감하다. 아이는 빨래에서 좋은 냄새는커녕 장마철 잘못 말리면 나는 냄새가 난다며 매번 짜증을 냈다.

세탁기에 문제가 있나? 집이 습해서 그럴 거야…… 하며 세탁기도 살균, 세척하고 제습기도 사용하면서 나름 노력한다고 했다. 빨래가 많고 섬유유연제는 들어가는 양이 정해져 있으니 어쩔 수 없다며 아이를 이해시키려고도 했다.

어느 날, 친구네 집을 다녀오더니 엄마는 빨래를 왜 몰아서 하느냐면서 다른 집은 매일 빨래를 하는데 그렇게 한꺼번에 많이 하니깐 섬유유연제 냄새가 안 나는 것 아니냐고 했다. 하도 투덜거려서 아이 빨래는 따로 돌려주겠다고 했다.

그러고 나서 아이에게 빨래 좀 같이 널자고 하니 아이는 정색을 하며 단칼에 싫다는 것이었다. 오히려 엄마가 빨래를 자주 안 하니까 내 것을 따로 돌리게 된 건데 어쩌구 하면서 얼굴이 벌게져서는 화를 냈다.

자기 빨래 돌리는 건데 같이 좀 널자는 것이 그렇게 욕먹을 일인가? 나는 정말 화가 치밀어 올랐지만 다음 날 야심차게 준비했던 둘만의 여행을 하기 위해 펜션을 예약해 두었던 터라 싸워서 좋을 것이 없다는 생각에 꾹 참았다.

아이가 이해되지 않아 나는 친구들에게 전화를 해서 말이 되냐며 물어보았다. 너희들도 매일 빨래를 돌리냐고. 그런데 이게 웬일인가? 매일 빨래를 돌린다고 하는 애들이 많은 것 아닌가? 나는 내가 당연한 것인 줄 알았는데 내가 이상한 것이었다.

아이가 그렇게 원하는데 까짓것 섬유유연제 냄새 팡팡 나게 해줘야겠다 생각하고 아이와 여행을 떠났다. 어제 그렇게 얼굴을 붉혔으니 자기도 뭔가 꺼림칙하고 즐겁지만은 않았을 것이고 나 또한 그랬지만, 그래도 처음 목적을 달성하기 위해 최대한 아무렇지 않은 척하며 목적지인 바닷가 펜션으로 향했다.

비가 내렸지만 어떠랴. 나는 바다를 볼 수 있다는 것만으로도 너무 좋았다. 아이와 함께 근처에 인기 있다는 카페에 가서 빵과 음료를 시켜 먹고 사진도 찍으며 시간을 보내고, 저녁에 고기를 구워 먹으면서 이야기를 꺼냈다.

"빨래에서 좋은 냄새만 나면 만족하겠어?"

"응, 진짜~."

"그럼 그렇게 해줄게. 빨래 매일 돌려서 무조건 좋은 냄새 나게 해줄게. 그러니까 딸도 기분 나쁘다고 나오는 대로 말하지 말고 말 이쁘게 해, 알았어?"

"응~~."

아이와 나는 기분 좋게 식사를 마친 후 함께 치우고 방에 돌아와 아이 어릴 적 말고는 처음으로 둘이서 침대에 누웠다.

피곤했는지 나는 얼마 지나지 않아 잠이 들었고, 새벽까지 안 자는 우리 아이도 그날은 일찍 잠을 청했다고 한다.

다음 날, 아이는 오랜만에 정말 푹 잘 잤다고 했다. 특별한 것을 하지는 않았지만 바다를 보며 힐링하고, 여행 오면 잠 설치는 나도 아이도 푹 잘 자고 서로 대화로 협상도 하며 깔끔하게 여행을 마무리했다.

이 일이 있고 나서 나는 욕구를 알아주고, 요구는 들어주려고 노력하되 정 안 될 땐 대안을 주어야 한다는 말을 정확히 이해하게 되었다.

우리 아이의 욕구는 옷에서 좋은 냄새가 나서 친구들이나 다른 사람들에게 신경 쓸 일이 없으면 좋겠다는 것이었고, 요구는 빨래를 자주 해서 좋은 냄새가 나게 해달라는 것이었다.

정말 아무것도 아니었는데 나는 나의 생각을 바꾸려 하지 않았고, 아이의 욕구를 이해하려 하지 않았다.

나는 여행을 다녀온 뒤로 빨래가 몇 개 없어도 아침에 눈을 뜨면 빨래부터 돌려놓는다. 안 그러면 다시 옛날처럼 돌아갈 수도 있으니 '루틴'을 만들어 놓으라는 친구의 조언 덕분에…….

아이는 좋은 냄새가 팡팡 나는 옷을 입으며 즐거워한다. 며칠 전 친구가 놀러 와서 하루 자고 갈 때 좋은 냄새가 나니 신경도 안 쓰이고 좋았다며 자기의 요구를 들어주려 노력하는 엄마에게 보답하듯 동생에게도 조금은 더 관대하게 대하고, 나의 부탁도 더 잘 들어준다.

이처럼 별 것 아닌 일에도 자신의 욕구와 요구가 해결되지 않으면 분노를 표현하는데, 어릴 때부터 자신의 욕구와 요구가 무시당하면서 오랜 시간을 보내왔다면 사춘기 때 분노가 폭발하는 것은 막을 수 없는 일이 아닐까? 어른이고 아이고 자신이 원하는 것을 하며 살고 싶은 것은 너무 당연하다.

내가 좋아하는 유일한 연예인이 있다. 바로 이효리 씨다. 그녀가 이상순 씨와 결혼을 한다고 했을 때 의외였다. '이효리'라면 왠지 좀 더 아이돌스러운 외모의 배우자를 골랐을 것 같았기 때문이다.

이상순 씨가 물었다.

"효리야, 너는 나랑 왜 결혼했어?"

"나는 오빠랑 이야기를 하면 너무 재미있어. 나 오빠랑 말하려고 결혼했나 봐."

말이 통하는 사람과는 결혼도 결심한다. 그런데 좋든 싫든 성인이 될 때까지 적어도 20년 이상을 함께 살아야 하는 부모와 말이 통하지 않고, 나의 요구도 받아들여지지 않는다고 생각해 보라.

남편이 말도 안 통하는데 요구마저 매번 무시한다면 같이 살 마음이 생기겠는가? 왜 아이들이 방문을 닫고 나오지 않는지, 왜 부모 앞에서 입을 닫는지 조금은 이해가 되지 않는가?

사춘기를 통해 답을 찾아야 한다. 우리 아이들과 말이 통하는 부모가 되어야 한다. 내가 원하는 대로 아이를 움직이고 싶다면 아이의 요구를 최대한 들어주려 애쓰고, 그 이면에 있는 아이의 욕구를 알아주려 노력하는 것이 최고의 묘책이다.

아이의 부모 말고 나 자신이 행복한가?

아이도 자신의 욕구가 충족되지 않으면 폭발하는데 엄마라고 안 그렇겠는가? 아이 때문에 힘들고 아프고 지친 당신의 욕구도 채워주어야 한다.

아무리 힘들어도 아이와 나를 분리할 것.

가정에서 엄마가 사춘기 자녀와 함께 성장하려면 가장 먼저 해야 하는 일이 꿈을 가지는 일이다. 엄마가 꿈을 가지는 순간 자녀의 삶과 엄마의 삶은 분리된다.

아이의 사춘기가 시작되면 일을 그만두고 아이 곁에 있는 것이 아니라 꿈을 가지고 새롭게 무언가에 도전하고 몰입해야 한다는 것이다.

가끔은 자기가 가장 좋아하는 일을 할 것.

손톱 관리를 받아도 좋을 것이고 머리를 해도 좋을 것이다. 제일 좋아하는 친구를 만나서 아무 일 없는 듯 수다도 떨고 말이다. 영화를 보거나 술을 한잔해도 좋다.

남편이 "애가 이 모양인데 너는 그러고 싶냐?" 하거든 "내가 살아야 애도 살지. 나도 좀 살자"라고 말해주자. 아이 걱정을 하루 안 한다고 해서 아이에게 큰일이 생기는 것은 아니다.

아이가 말도 안 되는 시비를 걸 때나 게임에 빠져 있어 그것을 지켜보는 것이 힘들 때는 밖으로 나와 이어폰을 귀에 꽂고 음악을 들으며 그냥 걷자. 만보기 추천.

정신이 힘들어도 육체를 먼저 보듬어주면 조금 나아진다고 한다. 인스턴트 음식 말고 건강식을 차려서 먹자. 자녀도 중요하지만 나도 소중하니까.

큰아이가 살이 갑자기 많이 쪄서 다이어트가 필요했을 때 나도 복근을 만들겠다며 함께 식단 조절도 하고 홈트레이닝으로 운동을 한 적도 있다. 그때 식단 조절을 하면서 일반식보다 더 손이 많이 가는 데다 사야 할 것도 많아서 다이어트도 돈이 있어야 하겠구나 하는 생각을 했었다.

나를 위해 음식을 챙기는 기분을 처음으로 느껴보았다. 채소를 비롯해 버섯과 소고기, 아몬드 슬라이스, 베리 말린 것, 그래놀라 등 몸에 좋다는 것, 살 안 찌는 것 위주로 식단을 짜서 먹었고, 그것만으로도 나를 소중히 여기는 것이 어떤 기분인지를 알게 되었다. 딸아이는 해주는 것만 먹으니 잘 몰랐겠지만 이것은 스스로 차려봐야 느낄 수 있다.

채소를 씻고 취향에 맞는 치즈를 곁들이자. 안심스테이크도 맛깔나게 굽고, 살이 안 찌는 폰타나무지방오리엔탈소스와 스리라차소스를 뿌리자(둘 다 0칼로리다).

와인이나 맥주도 한 잔 옆에 놓고, 집에서 내가 좋아하는 어느 공간이든 깨끗이 정리하고 예쁘게 담은 음식을 음미하며 먹자.

아이 걱정은 잠시 내려놓고 나만의 시간을 가져보자. 이런 행복 정도는 누릴 자격이 있지 않은가?

감사를 시작해 보자. 감사 일기도 좋고 기도도 좋다. 감사할 일이 한 가지도 없다면 몸을 누일 집이 있음을 감사하자. 아이가 집을 나가고 없다면 그래도 살아 있음에 감사하자.

한 가지 나쁜 생각을 없애려면 네 가지의 좋은 생각을 해야 한다고 한다. 그러니 하루에 감사한 것을 네 가지씩 말해보자.

내게 남아 있는 것, 내게 여전히 주어지는 것, 내가 아직도 가지고 있는 것을 자각하는 순간 고통은 힘을 잃는다고 했다.

가끔씩 이런 시간을 보낸다고 죄책감이 느껴질 것 같은가? 아이가 더 나빠질 것 같은가?

우리 모두에게는 과거가 있고, 만약 당신이 부모와의 관계에서 건강하지 못한 영향을 받았다면, 부모님을 용서하자. 부모님 역시 자신의 능력, 상황, 환경이 허락하는 한, 할 수 있는 최선을 다 했을 것이다.

이제 당신도 부모가 되었으니 이 사실을 받아들이기가 더 쉬울 것이다. 내 내면의 환경을 바꾸고, 공감과 같은 감정을 이끌어내기 위해서는 과거의 아픈 감정들을 떠나보내야 한다. 그래야 내가 행복해진다.

다음의 4가지 방법은 매일 실행하면 분노 조절에 확실한 효과가 있다는 과학적인 스트레스 완화법이다. 스트레스를 80퍼센트 줄이고 분노를 삭일 수 있다고 한다.

1. 규칙적으로 운동 하기
2. 화날 때 10번 복식호흡 하기. 급할 땐 3번이라도 좋다.
3. 마음을 가라앉히는 명상 하기
4. 감정을 말로 표현하기(혼자 중얼거리는 것도 좋다)

모두 알고 있는 것인가? 알고 있지만 말고 실천하려 해보자. 우울하면 기분이 가라앉는 듯하지만 실은 우울이라는 느낌 자체가 분노의 억압이기에 강하게 우울하다는 것은 분노가 치솟고 있는 아주 흥분된 상태라고 할 수 있다.

좌절된 욕구는 분노를 만든다. 이때 발생하는 공격성이 다른 사람을 향하면 폭력이 되고, 자신을 향하면 자살로 이어지기도 한다.

내가 행복하려면 좌절된 욕구(자식에 대한)를 해결해야 한다. 받아들이는 것 말이다.

잘 안 돼서 가슴이 답답한가? 그럴 땐 잔잔한 음악을 틀어놓고 진정 효과가 있는 오일을 떨어뜨린 욕조에서 목욕을 하거나, 여의치 않다면 족욕이라도 하며 생각을 비우자. 그런 후 달달한 간식을 먹어보자.

조금 여유로워졌는가? 그럼 내가 처한 상황이 내 힘으로 바꿀 수 있는 것인지 아닌지 냉정하게 생각해 보라. '바꿀 수 없다'에 한 표!!

그럼 받아들이자.

사춘기가 답이다

나는 아이의 사춘기를 통해서 나의 사춘기를 돌아보게 되었다. 세상에나 엄마가 나 때문에 얼마나 힘들었을지…… 그전에는 잘 알지 못했다. 아이를 낳고 키우면서도 말이다.

아이와 말다툼을 하고 아이에게 모진 말을 들은 어느 날, 내가 다니는 교회까지는 못 가고 집 앞에 있는 교회에 새벽기도를 나갔다. 알지도 못하는 교회여서 더 마음 편하게 나갈 수 있었던 것 같다. 참석한 분들은 나이가 지긋하신 몇 분.

하염없이 눈물을 흘리며 예배를 마치고 내려오니 그분들이 나에게 잠시 이야기를 하자고 하신다. 별로 말할 기분은 아니었지만 동방예의지국에서 어디 연세 지긋하신 분들이 오라는데 그냥 갈 수가 있나…….

별 수 없이 앉아서 이야기를 하는데 무슨 일이 있길래 그리 서글프게 처음부터 끝까지 울기만 하냐고 하셨다.

"자식이 사춘기라 힘들어서요" 했더니 목사님께서 가족 치료도 하신다며 시간 되면 받아보라고도 하시고, 김장을 했다면서 김치도 몇 포기 챙겨주셨다.

세상이 아직 살 만하더라. 김치 몇 포기에 아이에게 받은 상처가 잠시 잊힌 것은 '안 비밀'이다.

이야기했다시피 나 또한 '사랑고파병'이 있었다. 그런데 아이의 사춘기를 겪고 나서 신기하게도 나의 사랑고파병이 없어졌다. 사춘기의 반항 이면에 나의 사랑을 갈구하는 아이의 마음을 알았기 때문이다.

그렇게 온몸으로 관심을, 인정을, 사랑을 받고 싶어 하는 대상이 바로 나인데 더 무슨 사랑고파병이 있을 수 있겠는가.

집에 붙어 있지 못하고 늘 공허하고 외롭고 다른 사람과 나를 끝없이 비교하며 자책하고 남을 부러워하던 나의 고질병이 이제 더는 없다.

큰아이와 작은아이의 나이 차는 여덟 살이다. 동생이 어릴 때는 엄마처럼 보살펴주고 안아주고 머리를 잡아당겨도 웃으며 받아주던 아이가 사춘기가 되자 자신이 차별 받는다는 서러움에 동생을 미워하며 입버릇처럼 네가 없었으면 좋겠다, 나는 네가 그냥 싫다며 질투를 미움으로 표현했다.

사사건건 간섭에 자기 것은 나누지 않으면서 동생 것은 똑같이 나누어야 했고, 기분 나쁜 날은 쌓인 짜증을 동생에게 풀어냈다. 어찌나 동생을 잡는지 작은아이의 사춘기가 언니 때문에 질풍노도의 시기가 되지 않을까 심히 걱정될 정도였다.

그 덕분에 '권위적인 부모'보다 더 나쁘다는 '과잉 사랑'으로 스스로는 아무것도 못하는 아이로 만들 뻔했다가 알아서 살아남을 수 있는 독립적인 아이로 키울 수 있게 됐다. 언니 말이라면 1초 반사! 바로 엉덩이 떼고 실행하는, 부당함도 힘이 없으면 받아들여야 한다는 비정한 세상의 이치를 몸으로 깨닫게 해주었다.

내가 잔소리할 것을 언니가 먼저 해버리니 나는 덕분에 잔소리 안 하는 엄마가 되는 행운을 어부지리로 얻게 됐다.

그리고 이렇게 사춘기 엄마들을 도울 수 있는 일도 시작하게 해주었고, 책도 쓰게 해주었으며, 순탄하게 살았으면 절대로 매달리지 않았을 그분께도 나아가게 해주었다.

작은아이는 힘든 사춘기를 겪지 않게 억압하지 않고 실수하지 않도록 미리 예방주사도 맞혀주었다.

이 정도면 나에게는 사춘기가 답 아닌가? 답 없던 내 인생에 답을 가르쳐준 감사한 사춘기다. 대단하다, 대단해!

너무나 많이 울었고 너무나 암담했으며 너무나 두려웠고 자신이 없었다. 이리 휘청 저리 휘청 정말 몸으로 부딪치며 보낸 사춘기였다.

아무리 책을 읽어도 현실에서는 답을 찾을 수 없었고 나는 절망했다. 그러나 부딪치며 조금씩 알아가고, 아이의 입을 통해 나오는 자신의 아픔을 들으면서 나는 계속해서 알고자 공부했다. 나의 사춘기와 우리 아이의 사춘기의 공통점을…….

나는 심리학자도 아니고 정신과 의사도 아니다. 그래도 이 책을 쓸 수 있었던 것은 아이가 변하고자 마음먹지 않으면 어떤 심리학자도, 정신과 의사도 아이를 변하게 할 수 없다는 이 단순한 진리를 어렵게 알았기 때문이다. 글자로 아는 것이 아니라 내가 절절히 깨달아 알았다는 것이 중요하다.

사춘기가 나 말고 다른 부모들에게도 '답'이 되기를 진심으로 바란다. 아픔의 시간 뒤에 찾아오는 평화로움에 감사하도록 아이의 예민함이나 나와 맞지 않는 부분까지도 대수롭지 않게 바라볼 수 있는 그 시간이 당신에게도 찾아올 것이라고 감히 자신한다.

언젠가 「런 온」이라는 드라마에 이런 대사가 나왔다.

"내 기분 나아지게 할 수 있는 건 나밖에 없잖아요. 내 기분이니까. 근데 굳이 기선겸 씨를 불러다가 감정노동을 어떻게 시켜요. 그건 학대죠."

내 기분 나아지게 할 수 있는 건 나밖에 없다. 나를 꼭 안아주자. 부모가 변화해야겠다고 마음먹는 그 순간부터 긍정적인 일이 생길 수 있다.

어떤 관계를 맺든 그 관계에 문제가 있다면 그것을 풀 열쇠는 바로 나에게 있다. 아이의 행동을 바꾸긴 쉽지 않지만, 아이와의 관계에 있어 나의 태도와 감정은 바꿀 수 있으니까.

스무 살이 된 딸에게

딸!

네가 스무 살이 된 지 벌써 몇 달이 지났네. 믿기지 않구나. 너 또한 매번 나에게 말하지. "엄마, 내가 성인이야. 말이 돼?"

네가 성인이 되던 날 나는 만세를 불렀다. 이제 말 안 들으면 내보내고 현관문을 잠가도 되는 성인이란 말이지! 농담이야~ 아마도 "진심이라는 거 알아!"라고 할 것 같다.

성인이 되고 나서 졸업장을 받는 날이 온다는 것을 나는 처음 알았네……. 고등학교 졸업장을 받으면 사람들이 보건 말건 춤이라도 덩실덩실 추고 싶었는데 '코로나 19'라는 이 상상치도 못했던 바이러스 때문에 졸업식도 온라인으로 하고, 덕분에 엄마의 춤으로 인한 창피함을 덜 수 있게 된 걸 감사히 여기렴.

힘든 일은 연달아 온다고 하더니 엎친 데 덮친다고 하나? 너의 사춘기가 시작되고 얼마 지나지 않아서 아빠도 힘든 시간을 겪었지. 오래 다니던 직장에서 나오면서 말이야. 혼란과 절망 속에 그야말로 흠뻑 절여진 듯한 느낌이었어.

그 시간들을 지나오면서 다들 어렵게 마주하게 되는 진실. 엄마도 그것을 마주했단다. '내가 변하게 할 수 있는 것은 나 하나밖에 없다. 자기 자신 하나 변하게 하기도 너무 힘들더라. 그러니 자식을 바꾸려 아까운 시간과 에너지를 쓰지 마라'는.

그래서 이 책을 쓸 수 있게 되었지.

네가 "엄마, 나는 애늙은이가 된 것 같아! 철없는 애들을 보면 답답해. 아직도 애같이 대학교 처음 나가는 날 엄마가 늦게 깨워서 안 갔대. 말이 돼? 지가 일어나야지. 그리고 걔네 엄마도 그래. 깨워줄 거면 좀 일찍 깨워주든가. 애가 처음 가는 날인데"라고 했을 때 엄마는 웃음이 났지만 입술을 깨물면서 참았다. 눈치 빠른 너는 내 생각을 읽을 테니까. '니가 언제부터, 하하!' 뿌듯했다.

엄마가 너에게 못 이기더니 어느 날부턴가 네게 공손하게 부탁하는 것을 요구한 시간이 있었지?

기억할 거야. 사사건건 그건 네 일이야! 엄마가 도와주면 고마워해야 하는 거지 당연한 듯 말하면 들어주지 않을 거야. 공손하게 부탁해. 이건 엄마, 아빠가 결정할 일이지 네가 이래라저래라 할 문제가 아니야 등등…….

너는 인정하기 싫겠지만 그 시간이 없었다면 그 친구처럼 네 일을 엄마에게 전가하면서 잘못된 일에 대한 책임도 엄마에게 돌리며 지내고 있을지도 몰라. 그래서 마음이 벅차단다. 너도 힘들었겠지만 엄마도 쉽지 않은 시간이었지.

엄마도 엄마가 처음이어서 우리 딸에게 상처도 많이 주고, 곁도 든든히 내어주지 못했구나. 이해해 주겠니?

엄마가 너와 함께 엄마의 나이를 먹지 못한 '어른아이'였던 거야. 엄마 마음 안에 상처 받은 어린아이가 아직 치유 받지 못한 채 웅크리고 있었거든. '나도 힘들다'고 말이야.

아직 부족하지만 나는 너의 사춘기를 겪으면서 비로소 엄마가 되었단다. 동생에게는 네 덕분에 엄마인 척은 할 수 있었지만.

공지영 님의 글에 이런 내용이 있어.

네가 스물한 살 때였던가? 한 번은 네가 엄마에게 불만을 이야기하다가 대꾸하면서 "엄마는 내 마음 몰라. 엄마의 엄마는 이혼도 안 했잖아." 그때 엄마가 정색하고 대답했던 거 생각나?

"맞아. 몰라. 하지만 이제는 내가 네 마음을 더 알 필요가 없는 거 같아. 그러니 네 마음 잘 아는 네가 널 달래며 살아."

그러자 너무도 놀라 눈을 동그랗게 뜨던 네 모습. 아직도 기억나는구나. 네가 항의하듯 물었지.

"엄마, 어제까지만 해도 내가 이런 말 하면 '그래 엄마가 미안하다. 엄마가 잘못했다' 이랬잖아. 그런데 왜 갑자기 태도를 바꿨어?"

내가 말했다.

"왜냐하면 네가 지난 주일에 첫 선거를 했고 너는 이제 어른이기 때문이야. 너 마흔 살이 되어서 무슨 일이 생기면, 그건 제가 불행했고 우리 엄마 아빠가 이혼했기 때문에 그래요 하고 말할 테냐? 아니지? 그럼 마흔이 되기 전에 너는 그걸 멈추어야 하는데 공식적으로 성인이 된 지금이 딱 그 시기인 거지."

어른이라는 것은 바로 어린 시절 그토록 부모에게 받고자 했던 그것을 스스로에게 주는 사람이라는 것을. 그것이 애정이든 배려든 음식이든.

_『딸에게 주는 레시피』(공지영, 2015, 한겨레출판)

엄마도 너에게 이 말을 해줘야겠다는 생각이 들었어.

그런데 생각해 보니 지금은 아닌 것 같다. 스무 살이지만 아직 성인이 된 지 얼마 안 된 초짜인 데다 무엇보다 엄마의 조건 없는 사랑을 아직 부족하게 받았다는 것을 알고 있기 때문이지. 이제야 비로소 엄마가 된 나도 초짜이기는 마찬가지니까.

엄마가 너에게 사랑을 더 부어주고 네가 스스로를 참 괜찮은 사람이라고 느끼는, 네 얼굴이 빛나는 어느 날 나는 너에게 저 말을 해줄 필요가 없을지도 모르겠다는 생각을 하는 상상을 해 본다.

사랑한다 아가~.

엄마는 너를 낳았을 때 그래도 여태껏 내가 한 일 중에 너를 낳은 일이 세상에서 제일 잘한 일 같다고 아빠에게 말했었지.

철없고, 준비도 전혀 없었던 무지한 엄마를 용서해 줄래? 너는 다행히 결혼도 남들보다 늦게 하지 않을 것이고, 아이도 남들보다 늦게 낳지 않을 거라고 말했어. 나중에 다른 말 하기 없기다.

"나는 늙어서 네 아이 못 키워줘. 너네들만으로 충분히 힘들었어!"라고 못 박는 나에게 "애는 엄마(자신)가 키워야지"라고 말하는 너를 보며 뜨끔하면서도 다행이란 생각이 들었단다. 그렇다면 나의 손주는 잘 자랄 테니까.

엄마는 산후조리할 때 나의 엄마가 절실히 필요했단다. 하지만 외할머니는 일하시느라 옆에 있어 주지 못하셨어.

안그래도 외로움 많이 타는 엄마는 사막에 홀로 있는 듯 쓸쓸함에 몸부림쳤지. 하루 종일 울기만 하는 너를 보면서 시시각각이 두렵고 무섭기만 했어.

밥도 제대로 먹을 수 없고 잠도 제대로 못 자는 시간들, 아빠 오기만을 손꼽아 기다리면서 산후도우미 아주머니께 "일 안 하셔도 괜찮으니까 제 옆에 앉아서 얘기해요"라고 말하는 엄마를 보며 집에 가야 할 시간이 되면 아주머니는 "누구 부를 사람 없어? 안쓰러워서 두고 못 가겠네" 하고 말씀하셨지.

너는 그럴 일 없을 거야. 엄마도 있을 거고, 엄마가 안 되면 아빠라도 있을 거니까. 게다가 동생을 너~무도 갖고 싶어 하는 네 동생이 있지 않니? 우리는 인생에서도 늘 함께할 거야.

자! 이만하면 이제 못 할 일도, 두려울 일도 없겠지? 총알 장전하고 삶이라는 전쟁터로 출발하자!

성인이 되니 한동안 안 하던 '집착'이라는 것을 하게 되는구나.

그건 바로 네가 술을 마실 수 있는 나이가 되었기 때문이지. 이제 너는 몰래가 아니라 대놓고 술을 마셔도 되는 나이가 되었다.

모든 실수는 술에서 시작된다고 해도 과언이 아닌 것 알고 있지? 그래서 엄마는 또다시 너에게 집착하기 시작했어. 올 시간이 됐는데 안 오면 전화를 하고, 전화를 받지 않으면 걱정이 되어 자꾸만 버튼을 누르는 나를 발견한다.

얼마 전에는 "걱정이 돼서 그러는데 위치 알 수 있는 거 그거 좀 깔면 안 돼?"라고 물었다가 단박에 거절당했지. 사춘기 철없던 그때도 깔자고 하지 않았는데…… 그러지 말라고 책까지 쓰고 있으면서 말이야.

팔을 뻗으면 닿을 거리에서 지켜보되 관여하지 말아야 할, 완전히 놓지는 않더라도 물러나 옆에서 청년기인 네가 자신을 발견하는 과정을 지켜봐야 하는 시기인데 또 나는 너를 걱정하고 불안해하고 있구나.

이제는 너를 믿을게. 나에게 시어머니도 안 하시는 잔소리를 하는 너는 이제 성인이니까.

나의 못난 감정, 불안함을 접고 홀로 설 너를 응원해야겠다.

부록

부모님들이 궁금해하는 사춘기 문제 행동

◈ 아이가 말을 안 들을 때 아빠는 어떻게 해야 할까요?
◈ 공부를 안 하겠다고 해요
◈ 친구가 없어요
◈ 귀가 시간을 안 지켜요
◈ 친구에게든 부모에게든 사과를 하지 않아요
◈ 가출을 했어요
◈ 욕을 해요
◈ 안 좋은 친구와 어울려요
◈ 제 잘못으로 아이에게 문제가 생긴 것 같아 괴로워요

아이가 말을 안 들을 때
아빠는 어떻게 해야 할까요?

엄마는 아침, 저녁으로 아이와 얼굴을 맞대고 생활해야 합니다. 지금은 코로나 19로 더더욱 붙어 있으면서 속 터지는(?) 상황을 보고 있어야 하는 일이 많아졌지요.

아이는 머리가 컸고(머리만 큰 게 아니라 덩치도, 키도 엄마보다 클 것입니다), 더는 엄마의 말로는 감당이 되지 않습니다. 그럴 때 아침에 나갔다가 저녁에나 들어오는 아빠는 어떻게 해야 할까요?

아빠가 직접 보지 않은 부분을 거론할 수는 없겠지만, 아이와 있었던 일을 아내로부터 전달받은 후에 아이에게 "너, 엄마와 이런 일이 있었다며?"라고 확인해 주는 일은 필요합니다.

아이는 고자질한다며 난리겠지만(눈치 보느라 엄마는 너무 힘들지요. 왜 나만 갖고 그래! 하고 소리라도 지르고 싶지요) 엄마와 아빠는 동맹관계임을, 엄마를 대하는 것이 곧 아빠를 대하는 것과 동일하다는 것을 보여줄 필요가 있습니다.

아이가 "엄마나 아빠나 다 똑같아"라고 할지라도 개의치 말아야 합니다.

사춘기 전에는 한 사람이 아이를 혼내면 다른 사람이 다독여 주는 역할을 하였더라도 사춘기 때 아이가 엄마에게 함부로 하는 것은 그냥 넘어가면 안 됩니다.

아버지는 가족을 끝까지 보호하고 책임져야 하는 위치에 있습니다. 필요하다면 엄격하고 단호하게 나가야 합니다. 자녀가 자신에게 필요한 것을 받아들일 때까지 기다려줄 수 있어야 합니다.

다른 일에는 화를 잘 안 내던 아버지가, 아들이 식탁에서 버릇없이 말하는 것을 듣고 멱살을 잡으며 "말 함부로 하지 마라. 네 엄마란 말이다!" 하며 화를 냈다고 합니다. 그 뒤로 아들이 엄마에게 함부로 할 수 있었을까요?

매일 잔소리를 하거나 사소한 일에도 버럭 화를 내는 아버지라면 통하지 않겠지만, 평상시에 화를 내는 일이 거의 없던 아버지라면 아마도 아이는 자기가 '큰 잘못을 했구나'라고 느낄 것입니다.

앞에서도 이야기했지만 "이 과정도 네가 삶을 살아갈 때 필요한 과정이니 하기 싫으면 하지 않아도 된다. 하지만 사춘기라는 이유로 부모에게 날 선 태도는 받아주지 않겠다"는 아버지의 단호한 한마디, 이것이 사춘기 때 먹히는 아버지의 말입니다.

남편에게 잘못 말했다가 일이 더 커지는 경험을 한 엄마들은 남편에게 이야기하는 것을 꺼리고 쉬쉬하게 됩니다. 자기 성질을 못 이겨서 아이를 때린다거나, 나가라고 소리를 질러서 여태 노력해 조금이나마 좋아진 것 같은 관계마저 나빠져 버린 경험 말이지요.

하지만 당연히 아버지도 함께 아이의 사춘기를 헤쳐나가야 합니다. 미리 남편에게 아이와의 관계가 가장 중요하다는 것, 그래서 절대 때리지 말아야 함을 주지해 주어야 합니다.

잘못에 대해 혼을 내려면 사춘기가 시작되기 전에 한 번 호되게 혼내는 것이 좋습니다. 아들의 경우, 어릴 적 아버지에게 혼나면서 무서웠던 기억이 있다면 사춘기가 심해졌을 때 말로만 해도 듣는 경우가 많이 있거든요.

학교에 가는 대신 온라인 수업을 하면서 아이들이 배달 음식을 자주 시켜달라고 합니다. 힘들게 밥상 차려놓으면 '안 먹어! 치킨 시켜! 뭐 시켜!' 이러니 그나마 시켜달라고 하는 아이는 양반이라나요? 물어보지도 않고 그냥 시키고는 결제하라는 아이들도 있다고 해요.

이럴 때는 아버지가 가족회의를 해서 규칙을 정하는 것이 효과가 있다고 합니다. 실제로 "이제부터는 일주일에 한 번씩만 배달 음식을 시켜 먹을 수 있어. 경제적으로도 그렇고, 너희 건강을 위해서도 그래. 엄마에게 미리 허락을 받지 않고 시킬 경우에는 그 다음 주까지 배달 음식을 시킬 수 없다"라고 말했을 때 아이들이 생각 외로 순순히 알았다고 수긍하더라는 것입니다.

아버지의 역할도 분명히 있습니다. 엄마 혼자서 감당하기는 너무 힘들어요. 그러니 남편과의 소통도 신경 써야 합니다. 도움을 청하세요!

부모가 이혼을 했다면

부모가 이혼한 가정이라면 아이를 위해 해야 할 것과 하지 말아야 할 것을 이야기해 보겠습니다.

많은 아이들이 부모의 이혼이 자기 때문이라는 자책에 빠지는 경우가 많습니다. 엄마가 집을 나간 그날 내가 집에 있었더라면……, 나 때문에 싸워서 헤어진 거야, 내가 말을 안 들어서 그런 거야 등등이요.

이 아이들은 한쪽 부모를 그리워하면서 동시에 걱정과 분노를 느낍니다. 특히 엄마와 헤어지면 밥도 제대로 못 먹고 굶게 되는 것은 아닌지 걱정하며 막연한 두려움도 느낍니다.

사춘기 아이들은 상대적으로 타격을 덜 받지만, 마음속에 배신감과 외로움을 숨기고 그 분노를 드러냅니다.

될 수 있으면 학교나 살던 집을 옮기지 않는 것이 좋습니다. 안 그래도 혼란스러운데 새로운 환경은 아이를 더 힘들게 하니까요. 아이가 지나치게 불안해하거나 공격적인 행동을 보일 때는 전문가에게 도움을 받도록 합니다.

아내 또는 남편 없이 혼자 아이를 보다 보니 무척 어렵다고 토로하시는 분들이 많습니다. 아내 또는 남편이 있어도 힘든 것은 힘든 것입니다. 안 되는 부분에 대해서는 그로 인해 생길 수 있는 일들을 계속 일러주고 기다리는 수밖에 없습니다.

잘못한 일은 그냥 묵인하지 마시고, 듣든 안 듣든 담담하고 침착하게 짚어주세요. 묵인은 암묵적인 동의로 해석될 수 있습니다.

아이가 폭력적으로 나온다면 꼭 외부에 도움을 요청하셔야 합니다. 한 번 아이가 힘으로 자신이 원하는 것을 얻거나, 특히 엄마가 두려워하는 것을 알았다면 이후로도 계속 힘을 사용하려고 할 수도 있습니다.

결국 아이가 어떤 삶을 살 것인지는 아이의 선택임을 받아들이셔야 합니다. 아이를 포기한다거나 나가라 하지 마시고 기다려주세요.

아이가 돌아왔을 때 뭐라도 하려고 한다면 아이를 도와줄 수 있도록 경제적인 부분이나 육체적인 건강 면에 좀 더 신경 쓰며 지내시라 말씀드리고 싶습니다.

공부를 안 하겠다고 해요

아이들에게는 기본적으로 잘하고 싶어 하는 욕구가 있습니다. 칭찬받고 싶고, 남들보다 잘하고자 하는 마음이 없는 아이들이 어디 있겠어요?

아이가 초등학생인데도 "우리 아이는 안 그래요!"라고 말한다면 그것은 너무 많은 것을 시키고 있다는 뜻일 수도 있습니다. 초 6만 되어도 "10년을 공부했으니 이제 그만 쉬어도 돼요"라며 모든 것을 놓아버린 아이들의 이야기도 심심치 않게 들려옵니다.

요즘은 환경적으로 아이들의 성장이 빨라지다 보니 사춘기가 빨리 오기도 하지만, 중고등 학생들에게서 보일 법한 심한 반항이나 무기력이 초등 시기부터 시작됐다면 부모들은 당장 모든 것을 'STOP' 해야 합니다.

초등학생뿐만 아니라 중학생이든 고등학생이든 마찬가지예요. 간섭, 공부하라는 잔소리, 학원 등 모든 것을 멈춰야 합니다.

우리 아이는 이야기했다시피 중학교 3학년부터 공부를 놓아버렸어요. 공부를 안 하니 그런 친구들만 끼리끼리 모였는데, 공부를 잘하게 되면 비슷한 아이들과 어울릴 것이라는 충고에 과외도 붙여보고 했지만 아이 스스로 공부할 마음이 없다 보니 아무런 소용이 없었습니다.

주변에 공부 좀 했다는 지인들을 보면, 엄마가 공부하란 말을 안 해서 엄마 믿고 있다가는 내 인생 아무것도 안 되겠다 싶어 중학교 때부터 공부 잘하는 애들 따라 하면서 공부했다는 사람들이 많이 있어요.

지금은 고인이 된 개그우먼 박지선 씨는 고려대 교육학과를 나와서 학벌 좋은 개그우먼으로 유명세를 탔었지요. 그녀는 자신의 청개구리 심리를 알았는지 "엄마는 내가 시험 볼 때 공부 그만하고 자라고 내 방에 와서 코를 골고 주무셨다. 그래서 나는 새벽까지 공부를 했다"고 말한 적이 있습니다.

저는 초등학교 때 부모님의 공부 압박, 아무리 잘해도 부모님 기대에 미치지 못하겠다는 생각에 더 주눅 들고, 성적이 더 잘 안 나오곤 했습니다.

특히 아버지는 성적표에 '우'와 '미'가 한 개씩 있다고(그때는 성적표가 수, 우, 미, 양, 가로 나왔어요) 학교는 다녀서 뭐 하냐면서 책가방을 아궁이에 던져 태워버린 적도 있어요. 그러다가 결국 공부를 놓고 방황하는 시기가 있었지요…….

중학교 때 아이가 공부를 하지 않겠다고 해서 학원을 쉬게 하고 그 돈으로 부부가 해외여행을 다녀왔다는 이야기를 카페에서 보았습니다. 너무 멋지지 않은가요? 그 아이는 일 년을 그러더니 다시 공부를 시작했다고 합니다.

자신의 미래를 자신이 걱정하게 하세요. 그러면 시간이 걸리더라도 언젠가는 스스로 앞일을 도모합니다. 조금 늦게 가면 어때 하는 마음을 갖고 기다려 보았으면 합니다.

공부는 하지 않더라도 지켜야 할 것 한두 가지를 정해서 하도록 이야기를 해두는 것이 좋습니다. 공부를 하지 않는다고 매일 게임만 하고 아무렇게나 지내도록 방치해서는 안 되겠지요.

'공부는 하지 않아도 좋지만 학교는 빠지지 말 것'이라든지 '공부는 하지 않아도 좋지만 핸드폰이나 게임 하는 시간은 정확히 지킬 것' 등으로 생활 습관을 잡아줄 수 있다면, 그것을 지킬 수 있는 아이라면 걱정할 필요가 없습니다.

친구가 없어요

친구 없이 학교를 다니는 아이를 보는 것만큼 힘든 일이 부모에게 또 있을까요?

아이들은 학창 시절 한 번씩은 친구 문제로 힘들어합니다. 학교생활을 하면서 아이들은 항상 자기 자신을 억제하고, 주위에 맞추려 노력해요. 그렇게 해서 자신이 존재할 수 있는 무리에 속해 있으려 하는 거지요. 얼마나 에너지 소모가 많고 스트레스를 받을까요.

우리 아이들도 내성적인 성향이라 학기 초나 전학 갔을 때, 새로운 곳에서 친구 사귀는 일이 쉽지 않았어요. 저 또한 새로운 곳에서 사람들과 말을 하는 일이 어려운데 아이들의 입장을 백번 이해할 수 있을 것 같았지요.

그때마다 정말 옆에서 지켜봐 주는 것 외에 별달리 해줄 게 없다는 사실이 참 마음 아프고 힘들었습니다.

그저 옆에 있어주는 것, 5분이라도 아무것도 하지 않고 아이 옆에 그냥 있어주는 것, 아이가 말을 하면 들어주고 말을 하지 않더라도 굳이 무슨 말을 해줘야겠다는 마음을 버리고 함께 있는 시간을 가져보세요. 의외로 자신의 지금 상황을 이야기하면서 아이가 먼저 해결책을 찾아낼 수도 있습니다.

친구 문제로 힘든 아이에게 "다른 애들을 사귀면 되지", "그런 거 신경 쓰지 말고 공부나 해", "지금은 친구 없어도 돼. 나중에 사귀면 돼"라는 말은 아이를 더 힘들게 합니다.

가장 먼저 해야 할 일은 아이가 겪는 괴로움이 얼마나 큰 것인지를 인정해 주는 것입니다.

관계의 불안함에 지쳐 있는 아이에게 용기를 북돋아 주는 일은 중요합니다. 너만 겪는 일이 아니라고, 소중한 인연을 만들기 위해 네가 조금 더 노력해야 할 때도 있다고, 한두 번 시도에 실망하지 말자고 말해주는 건 어떨까요.

귀가 시간을 안 지켜요

아이가 사춘기에 접어들면서 귀가 시간이 점점 늦어지는 일이 많이 있지요. 저도 우리 아이와 귀가 시간을 두고 실랑이를 벌인 적이 많았습니다.

저와 아이는 서로 원하는 바가 달랐고, 아이는 엄마가 정해놓은 시간에 들어오는 날이 많지 않았습니다. 전화도 받지 않고, 문자를 해야 겨우 좀 늦겠다는 대답이 돌아왔지요.

이 시기의 아이들은 친구들 앞에서 늦었다고 엄마의 전화를 받는 것을 극도로 창피하게 생각하는 경우가 많습니다.

자기는 친구들이 한창 놀 때 집에 와야 하는데 그건 너무 힘든 일이라며 시간을 늦춰달라고 요구했어요. 매번 지키지 않아 큰 소리가 오가는 것보다, 조금 늦춰주고 대신 그 시간은 지키라고 하는

것이 나을 것 같았습니다

"또 늦었어, 뭐 하는 애야 너!"라고 하지 말고 "오늘도 늦었구나. 무슨 일 있었어? 늦으면 늦는다고 집에 전화해야지~ 연락 없이 늦게 들어오니까 무슨 일이 생겼나 많이 걱정했잖아. 집에 전화하기 어려운 상황이라도 있었어?"라고 이야기를 나누며 늦게 들어온 이유를 추궁하기에 앞서 자기 사정을 솔직하게 털어놓도록 하는 것이 관계를 지키는 데 도움이 됩니다.

아이가 여러 번 약속을 안 지키고 자기 맘대로 하려 든다면 "12시면 우리 집 문 잠근다. 12시부터는 식구들이 쉬어야 다음 날 생활을 할 수 있어. 부득이하게 그 시간에 와야 한다면 사전에 허락을 받고, 있는 곳과 정당한 사유를 알려줘야 해"라고 미리 통보하고, 세 번 정도 경고 후 정말 잠그는 용기를 내야 한다고 전문가들은 말합니다.

문을 잠갔을 때 아예 집을 나가버릴까 봐 걱정이 된다면 매일 늦는 것에 신경을 꺼야 합니다. 시간 되면 들어오겠지 하고 믿는 방법밖에는 없으니까요.

친구에게든 부모에게든 사과를 하지 않아요

우리 아이는 웬만해서는 잘못했다고 사과를 하지 않았어요. 어떻게 해서든지 자기합리화를 하거나 남 탓을 하며 잘못을 회피하려 했지요.

저도 어릴 적에 아빠가 그렇게 무서운데도 잘못했다고 말을 하지 않아 결국 매를 벌기도 했습니다. 매를 맞아도 그 자리에서 꿈쩍도 하지 않아 엄마가 데리고 나온 적도 있어요.

이렇게 놓고 보니 이것은 자존심과는 별개인 것 같습니다. 아이들은 스스로의 잘못을 들여다보기보다 회피하려고 합니다. 잘못에 직면하는 게 괴롭다 보니 남 탓을 하며 당장의 불편함으로부터 도망치려고 하지요.

변명, 거짓말, 남 탓 모두 자신의 잘못을 인정하지 못하는 낮은 자존감에서 나오는 반응이라고 합니다.

부모도 아이에게 사과할 수 있어야 합니다. 아이의 상처를 풀어 주기 위해 부모가 먼저 다가갈 수 있어야 하고, 그것이 바로 '용기' 입니다.

아이에게도 미안하다고 사과하는 부모에게서 아이는 사과할 수 있는 용기를 배웁니다.

아이들이 다투는 상황은 거의 양쪽 모두에게 잘못이 있는 경우가 많습니다. 보통 아이들은 누가 잘못했는지를 따지는 일에 집중하지만, 중요한 것은 누가 상처를 받았느냐에 있어요.

내가 다른 사람에게 상처를 준 것은 아닌지, 마음을 아프게 한 것은 아닌지를 돌아보는 게 시비를 가리는 일보다 중요합니다. 다른 사람을 아프게 했다면 먼저 미안하다고 말할 수 있는 아이로 키우는 것이 중요한 것 아니겠어요?

아이가 감사할 줄 모르고 매일 불평만 한다고 걱정했습니다. 어떻게 하면 감사할 줄 아는 아이로 키울 수 있는지 책도 찾아보며 고민했고요.

결국 사랑이었습니다. 아이가 사랑의 결핍을 채우고 나면 당장은 아니더라도 언젠가 깨달음과 감사가 일어나는 때가 올 거라 믿고, 지금은 가르치려는 마음을 내려놓아야 합니다.

가출을 했어요

아이가 가출을 했다는 것은 부모에게는 정말 너무나 힘든 상황입니다. 이것 때문에 부모들이 자녀들에게 끌려다니는 것 아니겠어요?

일단 아이의 상황을 살펴봐야 합니다. 아이가 위험한 아이들과 어울려 다니는 것이 아니라면 아이의 환경과 상황, 심정을 정확히 이해해야 합니다. 가출한 후의 행적을 살펴 아이가 원하는 것이 무엇인지를 알아볼 필요가 있습니다.

보통 아이들이 가출하려는 심리는 '현실도피'입니다. 예를 들면 학업 스트레스가 너무 심해서 거기에서 벗어나려 하거나, 자신을 힘들게 하는 가족과 학교와의 관계를 단절하고 싶어서, 아니면 자신이 해야 하는 책임이나 상황으로부터 도망가고 싶을 때, 평소 억

눌린 감정이 많거나 원하는 것이 전혀 수용되지 않을 때 아이들은 가출을 생각한다고 합니다.

단지 부모가 불안해하는 것을 이용해서 자기 맘대로 하려고 하거나, 놀기 위해서 또는 말도 안 되는 것을 들어달라며 집을 나갔을 경우는 아이가 집 나온 다른 친구들과 어울리며 나쁜 길로 빠질 것 같은 상황이 아니라면 스스로 들어올 수 있도록 기다리는 것이 좋습니다.

친구 집을 전전하는 것도 힘들고, 돈도 떨어지면 아이들은 들어옵니다. 어떤 엄마는 딸이 가출했는데 한 달까지도 연락을 안 하고 기다렸다고 해요. 친구네 집을 옮겨 다니는 것을 알았을 것이고, 위험한 친구들과 어울리지 않는다는 것도 알았기 때문일 것입니다.

아이는 친구네 집을 이리저리 다니면서도 학교에 빠지지 않고 나갔다고 합니다. 아마 아이는 집에 들어온 후 다시는 나갈 생각을 하지 않았을 것입니다.

사춘기에는 친구라는 집단이 가족보다도 더 소속감을 느낄 수 있는 곳인데 거기에 적응 못 하는 아이들이 안 좋은 쪽으로 강화되는 경우가 있습니다. 위험한 아이들과 어울려 다니며 가출을 하는 경우지요.

반항적이고 공격적으로 행동하며 집 안에서 심한 갈등을 겪는 경우가 많이 있습니다. 이때 무단결석을 동반하며, 주변을 방황하다가 다른 비행에 빠질 위험이 있기에 큰 관심이 필요합니다.

가출의 원인은 대부분 가정이나 학교에 있으므로 반드시 주변 환경의 개선이 선행되어야 합니다.

가출을 했다면 침착하게 아이가 갈 만한 곳을 우선 수소문합니다. 평소 친했던 아이의 친구나 선후배에게 연락하여 어디에 있는지, 혹시 알고 있는지 묻고 행방을 찾아봅니다.

만약 함께 가출한 아이들이 있다면 부모들의 연락처를 알아보고, 다른 친구들에게 아이가 집으로 연락하도록 부탁을 해둡니다.

아이와 직접 연락이 안 되더라도 아이의 핸드폰 등에 부모의 애타는 마음과 사랑을 전달하세요. 경찰서에 연락해 놓는 것도 아이를 빨리 찾는 데 도움이 됩니다.

가출한 아이와 연락이 됐을 때는 화를 내며 "너 어디야? 당장 들어오지 못해!"와 같은 표현은 삼가야 합니다.

밥은 먹었는지 따뜻하게 안부를 묻고, 아이가 집으로 돌아오고 싶지 않다며 버티는 경우 억지로 데려오지 말고 친척 집이나 친구 집 등 연락이 닿는 곳에 가 있도록 설득합니다.

아이가 요구조건을 내건다면 그 자리에서 알았다고 하기보다 함께 의논해 보자고 하는 게 좋습니다. 요구조건의 이면에 있는 자녀의 욕구를 파악하고, 아이가 원하는 것이 무엇인지를 확인한 후에 타협안을 찾도록 합니다.

부모가 가정 내의 변화를 위해 어떤 노력을 할 것인지 먼저 이야기해 주어야 합니다. 또 가출할까 두렵다며 아이의 요구를 다 들어주거나, 눈치를 보면서 어쩔 줄 몰라 하는 태도를 보이면 안 됩니다.

아이의 의견을 물어보되 가능한 선에서 최대한 들어주려 애쓰고, 정 안 된다면 안 되는 이유를 아이가 이해할 수 있도록 말해준 다음 대안을 제시합니다.

아이 스스로 자신과의 약속을 하며 그것을 지켜 나갈 수 있게 도와주는 것이 좋습니다.

욕을 해요

아이들에게 욕은 공격성을 조절하는 수단이자 또래 문화입니다. 대다수 아이들에게는 통과의례 같은 것이지요. 부모 앞에서 하지 않고 친구들과 하는 것을 들었다면 조용히 타이르는 정도로 넘어가는 게 좋습니다.

또래 아이들의 70퍼센트 이상이 하는 것을 우리 아이만 못 하는 것도 또래 관계에 문제가 생깁니다. 부모 앞에서 자기도 모르게 튀어나왔다면 가볍게 짚고 넘어갑니다.

하지만 부모에게 대고 욕을 했다면 적극적으로 바로잡아 주어야 합니다. 당황한 기색을 역력히 내비치면서 잠시 시간을 두고 지금 너무 화가 나고 당황스러우니 조금 있다가 다시 이야기하자고 한 후 마음을 가다듬습니다.

네가 욕까지 하는 것을 보니 굉장히 화가 난 것 같다, 왜 그렇게 화가 났는지 말해보라고 한 다음, 화가 날 수는 있지만 그렇다고 부모에게 욕을 하는 것은 있을 수 없는 일이라고 말해줍니다.

"엄마는 네가 함부로 대해도 되는 사람이 아니다. 왜냐하면 엄마도 너한테 그렇게 대하지 않기 때문이야"라고 짚어주시고요. 아버님도 개입하셔서 단호하게 혼을 내야 합니다.

계속 말씀드리지만, 아이가 막말을 하거나 물건을 던지거나 하는 상황까지 가지 않도록 아이가 많이 흥분하거나 화를 낼 때는 한발 물러서서 "지금 너무 흥분해서 더는 이야기하기 어려울 것 같다. 조금 있다가 다시 이야기하자"고 하는 것이 좋습니다.

안 좋은 친구와 어울려요

저도 사춘기 시절 이사를 했어요. 이래저래 그러는 것이 좋겠다고 판단해서 그러셨겠지만 그렇다고 만나던 친구들을 안 만났느냐? 그건 아니었습니다. 두 시간 가까이 걸리는 거리였지만 거의 매일 친구들을 만나러 갔습니다.

그 당시 주택에 살다가 처음 아파트로 이사 오니 정신도 없고, 삭막하기 이를 데가 없었지요. 집도 못 찾을 만큼 다 똑같이 생긴 아파트들…… 더 정이 가지 않았던 기억이 있습니다.

아이가 안 좋은 친구들과 어울리기 시작해서 아이의 반대에도 불구하고 고2 때 이사를 하고 전학을 시켰다고 하신 어머니가 있었어요.

그런데 코로나 19로 인해 학교를 자주 안 가다 보니 친구 사귈 시간이 없기도 해서 아이는 두 시간 걸리는 예전 동네로 친구들을 만나러 간다고 했습니다.

만나고 오면 "왜 이사를 와서 자기를 힘들게 하는지 모르겠다"며 앞으로 친구네 가면 자고 오겠다고 하기에 못 하게 했더니, 이틀 동안 들어오지 않은 적도 있다고 했습니다.

아이를 전학시킬 때는 잘 생각해야 합니다. 아이가 다른 학교에 가서 적응을 하기도 쉽지 않을 것이고, 혹 적응을 한다 해도 또 비슷한 친구들과 친해질 확률이 높습니다. 아이들은 자신과 유사한 감정을 느끼는 아이들을 알아보기 때문이에요.

만약에 아이가 새로 시작하고 싶다든지, 왕따를 당하거나 학교에서 큰 상처를 받은 경우라면 아이가 원한다는 전제하에 이사와 전학을 고려하는 것도 괜찮습니다.

하지만 한번 이사를 하면 다시 돌아가기 어려우니, 아이가 싫다는데 무리해서 이사를 감행해 앞의 경우처럼 더 힘든 상황을 만들지 않는 게 좋습니다.

우리 아이가 중학교 다닐 때 보니 페이스북으로 친구들을 사귀어서 어느 학교에든 비슷한 친구들이 연결되어 소개도 받고 하더라고요. 그러니 아이가 원하지 않는다면 이사를 하고 전학을 시키는 것은 말리고 싶습니다.

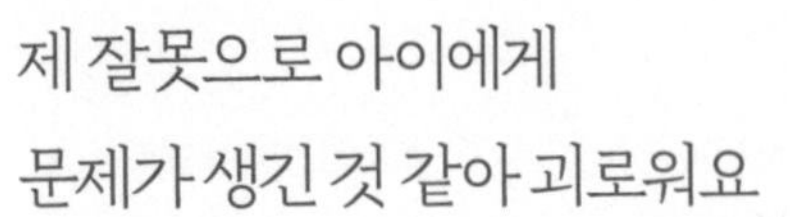

제 잘못으로 아이에게 문제가 생긴 것 같아 괴로워요

물론 부모님의 양육 태도, 아니면 상황이 여의치 못해 직접 키우지 못했거나 신경 쓰지 못하고 키워서 사춘기를 힘들게 지나가는 것일 수도 있습니다.

하지만 자책한다고 상황이 바뀌지는 않겠지요? 내가 무엇을 잘못해서 아이에게 문제가 생겼는지 확실히 아신다면 그것을 어떻게 채워주면 좋을지 찾아보세요.

무한 기다림이 약일 수도 있고, 아이의 의견을 적극적으로 들어주고 반영하며 아이가 하고 싶지 않은 것을 편안하게 다 내려놔야 할 수도 있습니다. 노력하면서 기다려주세요.

그리고 부모님의 자존감을 기르세요. 그래야만 아이의 삶과 부모님의 삶이 독립적으로 될 수 있습니다.

아이의 모든 문제를 지고 가려 하지 마세요. 그것은 너무 가까이 붙어 서로를 찌르게 됩니다. 적당히 거리를 두고 지켜보면서 부모님도 부모님만의 삶을 사세요.